歷代全集叢刊／張印棟主編

歐陽文忠公全集

十八種附一種

（第十一册）

（宋）歐陽修 撰

河南人民出版社

集古録跋尾卷第七　歐陽文忠公集一百四十

唐開元金籙齋頌 天寶九年 衛包書撰

右開元金籙齋頌雖不著書人姓氏而字爲古文蓋爲包書也唐世華山碑刻爲古文者皆包所書包以古文見稱當時甚盛蓋古文世俗罕通徒見其字畫多奇而不知其筆法非工也余以集録所見三代以來古字尤多遂識之爾 右集本

唐龍興七祖堂頌 天寶十年

右龍興寺七祖堂頌陳章甫撰胡霈然書霈然筆法雖未至而媚熟可喜今上黨佛寺畫壁有霈然所書

多爲流俗取去匣而藏之以爲奇翫余數數於人家見之其墨蹟尤工非石刻比也右真蹟

唐明禪師碑天寶十年鄭足之撰徐浩書

秋暑困甚覽之醒然治平丙午孟饗致齋東閣書右真蹟

唐徐浩玄隱塔銘天寶十一年

右玄隱塔銘徐浩撰并書嗚呼物有幸不幸者視其所託與其所遭如何爾詩書遭秦不免煨燼而浮圖老子以託於字畫之善遂見珍藏余於集録屢誌此言蓋慮後世以余爲惑於邪説者八字集本作之疑余也比見當世知名士方少壯時力排異説及老病畏死則歸

心釋老反恨得之晚者往往如此也可勝歎哉右真蹟

唐顏真卿書東方朔畫贊天寶十三年

右東方朔畫贊晉夏侯湛撰唐顏真卿書贊在文選中令較選本二字不同而義無異也選本曰棄俗登仙而此云棄世選本曰神交造化而此云神友右集本

唐畫贊碑陰歲月見本文

右畫贊碑陰唐顏真卿撰并書湛贊開元八年德州刺史韓思復刻于廟天寶十三年真卿始别書之右集本

唐顏魯公題名歲月見本文

右靖居寺題名唐顏真卿題按唐書紀傳真卿當代

宗時為撿校刑部尚書為宰相元載所惡坐論祭器不修為誹謗貶硤州員外別駕撫州湖州刺史載誅復為刑部尚書而此題名云永泰二年真卿以罪佐吉州與史不同據真卿湖州放生池碑陰所序云貶硤州旬餘再貶吉州蓋真卿未嘗至硤遂貶吉而史氏但據初貶書于紀傳耳真卿大曆三年始移撫州當游靖居時猶在吉也 右集本

同前

右魯公題名言五字集本作顏魯公華嶽靖居寺東西二林題名靖居寺在吉州據魯公言永泰二年真卿以罪貶佐吉州據舊二字集本作按唐書

列傳云真卿代宗時爲刑部尚書爲宰相元載所惡貶硤州別駕撫州湖州刺史載誅復爲刑部尚書不書其貶吉州也按真卿湖州放生池碑陰自敘云貶硤州旬餘再貶吉州蓋真卿未嘗至硤遂貶吉州集本無此四字而史官闕漏但書其初貶爾嘉祐八年十月廿三日書右真蹟

唐顔真卿麻姑壇記大曆六年

右麻姑壇記顔真卿撰并書顔公忠義之節皎如日月其爲人尊嚴剛勁象其筆畫而不免惑於神僊之說釋老之爲斯民患也深矣右集本

唐顏真卿小字麻姑壇記歲月闕

右小字麻姑壇記顏真卿撰并書或疑非魯公書魯公喜書大字余家所藏顏氏碑最多未嘗有小字者惟干禄字書注最爲小字而其體法與此記不同蓋干禄之注持重舒和而不局蹙此記遒峻緊結尤爲集本無此字精悍此所以或者疑之也余初亦頗以爲惑及把翫久之筆畫巨細皆有法愈看愈佳然後知非魯公不能書也故聊誌之以釋疑者治平元年二月六日書 右真蹟

唐中興頌大曆六年

右大唐中興頌元結撰顔真卿書書字尤奇偉而文辭古雅世多模以黄絹爲圖障碑在永州磨崖石而刻之模打既多石亦殘缺今世人所傳字畫完好者多是傳模補足非其真者此本得自故西京留臺御史李建中家蓋四十年前崖石真本也尤爲難得爾

右集本

又

右中興頌世傳顔氏書中興頌多矣然其崖石歲久剝裂故字多訛缺近時人家所有往往爲好事者嬿其剝缺以墨增補之多失其真余此本得自故西臺

李建中家藏四十年前舊本最爲真爾 右真蹟

唐干禄字樣 大曆九年

右干禄字樣別有模本文注完全可備檢用此本刻石殘缺處多直以魯公所書真本而録之爾魯公書刻石者多而絶少小字惟此注最小而筆力精勁可法尤宜愛惜而世俗多傳模本此以殘缺不傳獨余家藏之治平丙午九月二十九日書 右集本

唐干禄字樣模本 歲月見本文

右干禄字樣模本顔真卿書楊漢公模真卿所書乃大曆九年刻石至開成中遽已訛缺漢公以謂一二

工人用爲衣食之業故摹多而速損者非也蓋公筆法爲世楷模而字書辨正僞繆尤爲學者所資故當時盛傳於世所以摸多爾豈止工人爲衣食業邪今世人所傳乃漢公模本而大曆真本以不完遂不復傳若顔公真蹟今世在者得其零落之餘藏之足以爲寶豈問其完不完也故余并録二本並藏之亦欲俾覽者知模本之多失真也右集本

又

右顔魯公干禄字書乃大曆九年刻石至開成中遽已訛缺蓋由公筆法爲世楷模而字書辨正僞繆尤

為學者所資而當時盛傳於世爾漢公謂一二工人用為衣食之業者惜其傳模多而早損然豈止為工人為衣食業也今世人多傳漢公模本而大曆真本以不完遂不復傳若顏公真蹟今世在者得其零落之餘藏之尤足為寶豈問其完不完也故余并錄二本並藏之亦欲俾覽者知模本之多失真也治平元年正月五日錫慶院賜壽聖節宴歸書右真蹟

唐歐陽琟碑大曆十年

右歐陽琟碑顏真卿撰并書余自皇祐至和以來頗求歐陽氏之遺文以續家譜之闕既得顏魯公歐陽

琟碑又得鄭真義歐陽諶墓銘以與家所傳舊譜及陳書元和姓纂諸書參較又問於呂學士夏卿夏卿世稱博學精於史傳因爲余考正訛舛而家譜遂爲定本然獨琟碑所失者四顔公書穆公封山陽郡公呂學士云陳無山陽郡山陽今楚州是也當梁陳時自爲南兗州而以連州爲陽山郡然則陳書及舊譜皆云穆公封陽山公爲是而顔公所失者一也舊譜皆云堅石子質南奔長沙顔公云自景達始南遷其所失者二也歐陽生自前漢以來諸史皆云字和伯而顔公獨云字伯和二字義雖不異然當從衆又顔

氏獨異初無所據蓋其繆爾其所失者三也元和姓纂及諶銘皆云亂約之子而顔公獨以爲紇子其所失者四也雖之世次不應舛亂如此蓋諶之卒葬在咸亨上元之間去率更未遠真義所誌宜得其實雖卒大曆中唐之士族遭天寶之亂失其譜繫者多顔公之失當時所傳如此不足恠也治平元年夏至日書銘闕其末數句不補　右真蹟

唐杜濟神道碑　大曆十二年

右杜濟神道碑顔真卿撰并書藝之至者如庖丁之刀輪扁之斵無不中也顔魯公之書刻於石者多矣

而有精有粗雖他人皆莫可及然在其一家自有優劣余意傳模鐫刻之有工拙也而此碑字畫遒勁豈傳刻不失其真者皆若是歟碑已殘缺銓次不能成集本有其字文第録其字法爾嘉祐八年中元假日書 右真蹟

唐杜濟墓誌銘 大曆十二年

右杜濟墓誌銘但云顔真卿撰而不云書然其筆法非魯公不能爲也蓋世頗以爲非顔氏書更俟識者辨之 右真蹟

唐顔真卿射堂記 大曆十二年

右射堂記顔真卿書魯公在湖州所書刻于石者余家集録多得之惟放生池碑字畫完好如干禄字書之類今已殘闕每爲之歎惜若射堂記者最後得之今僕射相公筆法精妙爲余稱顔氏書射堂記最佳遂以此本遺余以余家素所藏諸書較之惟張敬因碑與斯記爲尤精勁惜其皆殘闕也 右集本

唐張敬因碑 大曆十四年

右張敬因碑顔真卿撰并書碑在許州臨潁縣民田中慶曆初有知此碑者稍稍往模之民家患其踐田稼遂擊碎之余在滁陽聞而遣人往求之得其殘闕

者爲七段矣其文不可次第獨其名氏存焉曰君諱敫因南陽人也乃祖乃父曰澄曰運其字畫尤奇甚可惜也右集本

又

右魯公之碑世所奇重此尤可珍賞也廬陵歐陽脩書右續添

唐顔勤禮神道碑大曆十四年

右顔勤禮神道碑顔真卿撰并書序顔温二家之盛云思魯大雅在隋俱仕東宫愍楚彦博同直内史省遊秦彦將皆典祕閣按唐書云温大雅字彦弘弟彦

博字大臨弟大有字彦將兄弟義當一體而名大者字彦名彦者字大不應如此蓋唐世諸賢名字可疑者多封德彝去名倫房玄齡去名喬高士廉云名儉顔師古云名籀而皆云以字行倫喬儉籀在唐無所諱不知何避而行字余於中書見顔氏裔孫有獻其家世所藏告身三卷以求官者其一思魯除儀同制其一勤禮除詹事府主簿制其一師古加正議大夫制思魯制云内史令臣璩宣者蕭璩也侍郎臣封德彝奉舍人臣彦將行不應内史令書名而侍郎舍人書字又必不稱臣而書字則德彝彦將皆當爲名師

古制有尚書左僕射梁國公玄齡右僕射申國公士廉又有吏部尚書君集者侯君集也侍郎纂者楊纂也四人並列於後不應二人書名二人書字也則玄齡士廉亦皆當為名矣又師古與令狐德棻同制不應德棻書名而師古書字則師古亦當為名也然余家集録有申文獻公塋兆記是高宗時許敬宗撰云公諱儉字士廉敬宗與士廉同時人而為其家作記必不繆誤則士廉又當為字也然告身書字在理豈安今新唐書雖云房玄齡字喬顔師古字籀以高儉塋兆記為名則喬籀果為字乎又按元和姓纂封氏

犕人隋通州刺史繻生四子曰德潤德輿德如德彝又云德彝更名倫亦不知果是否唐去今未遠事載文字者未甚訛舛殘缺尚可考求而紛亂如此故余嘗謂君子之學有所不知雖聖人猶闕其疑以待來者蓋慎之至也 右集本

唐顏氏家廟碑 建中元年

右顏氏家廟碑顏真卿撰并書真卿父名惟貞仕至薛王友真卿其第七子也述其祖禰羣從官爵甚詳

右集本

唐顏魯公書殘碑 歲月闕

右顔氏殘碑以家廟碑考之是顔允南碑也家廟碑云允南歷殿中膳部司封郎中司業金鄉男此碑云肅宗入中京遷司封尋封金鄉縣男又云遷國子司業此碑云二子穎頍頍好爲五言詩授校書郎早卒家廟碑亦云頍好五言校書而此碑又云與弟允臧同時臺省則爲允南可知不疑惟書穎事家廟碑云侍郎蔣冽賞其判此碑云爲崔器所賞小不同爾治平元年寒食日書右真蹟

又

余謂顔公書如忠臣烈士道德君子其端嚴尊重人

初見而畏之然愈久而愈可愛也其見寶于世者不必多然雖多而不猒也故雖其殘缺不忍棄之右集本

唐湖州石記歲月闕

右湖州石記文字殘缺其存者僅可識讀考其所記不可詳也惟其筆畫奇偉非顏魯公不能書也公忠義之節明若日月而堅若金石自可以光後世傳無窮不待其書然後不朽然公所至必有遺蹟故今處處有之唐人筆蹟見於今者惟公爲最多視其鉅書深刻或託於山崖其用意未嘗不爲無窮計也蓋亦有趣好所樂爾其在湖州所書爲世所傳者惟于祿

字放生池碑尚多見於人家而干禄字書乃楊漢公摹本其真本以訛缺遂不復傳獨余集録有之惟好古之士知前人用意之深則其堙沉磨滅之餘尤爲可惜者也（右集本）

唐顔魯公帖（歲月闕）

右蔡明遠帖寒食帖附皆顔魯公書魯公後帖流俗多傳謂之寒食帖（集本無此十三字）其（集本有後字）印文曰忠孝之家者錢文僖公自號也希聖錢公字也又曰化鶴之系者丁崖相印也潤州觀察使者錢惟濟也（右真蹟）

唐顔魯公二十二字帖（歲月闕）

斯人忠義出於天性故其字畫剛勁獨立不襲前蹟挺然奇偉有似其爲人右眞蹟

唐顔魯公法帖虞世南帖附歲月闕

右顔眞卿書二帖并虞世南一帖合爲一卷顔帖爲刑部尚書時乞米於李大夫去拙於生事舉家食粥來已數月今又罄乏之實用憂煎蓋其貧如此此本墨蹟在予亡友王子野家子野出於相家而清苦甚於寒士嘗模帖刻石以遺朋友故人云魯公爲尚書其貧如此吾徒安得不思守約世南書七十八字尤可愛在智永千字文後今附于此右集本

唐元次山銘 歲月闕

右元次山銘，顏真卿撰并書。唐自太宗致治之盛，幾乎三代之隆，而惟文章獨不能革五國（二字集本作陳隋）之弊，既久而（集本有其字）後韓、柳之徒出，蓋習俗難變而文章變體（集本作之）又難也。次山當開元、天寶時獨作古文，其筆力雄健，意氣超拔，不減韓之徒也（十二字集本作雖少雄健，而意氣不俗，亦），可謂特立之士哉。（右真蹟）

唐呂諲表（上元二年）

右呂諲表，元結撰，顏戒奢八分書。景祐三年，余謫夷陵，過荆南，謁呂公祠堂，見此碑立廡下，碑無趺，石埋地中勢若將踣惜其文翰遂得斯本而入于地處字多缺滅今世傳元子文編亦有此文以碑考之集本首尾不完中間時時小異當以石本為是然石本亦自多亡缺可不惜哉　右集本

又

景祐三年余謫夷陵過荆南謁呂公祠堂見此碑立廡下碑無趺石埋地中勢若將踣惜其文翰遂得斯本而入于地處字多缺滅今世傳元子文編所載首尾不完中間時時小異當以石本為是集錄實不為無益矣然石本亦自多亡缺可不惜哉書者顔戒奢

也余得此碑三十年矣暇日因偶題之嘉祐八年五月中旬休日書右真蹟

唐元結窪罇銘永泰二年

右窪罇銘元結撰瞿令問書次山喜名之士也其所有爲惟恐不異於人所以自傳於後世者亦惟恐不奇而無以動人之耳目也視其辭翰可以知矣古之君子誠耻於無聞然不如是汲汲也右真蹟集本有之人字

唐元結陽華巖銘永泰二年

右陽華巖銘元結撰瞿令問書元結好奇之士也其所居山水必自名之惟恐不奇而其文章用意亦然

而氣力不足故少遺韻集本無此九字君子之欲著于不朽者有諸其内而見於外者必得於自然顔子蕭然卧於陋巷人莫見其所爲而名高萬世所謂得之自然者集本有字也結之汲汲於後世之名亦已勞矣嘉祐八年十二月二十六日書右眞蹟

唐元結峿臺銘大曆二年

右斯人之作非好古者不知爲可愛也然來者安知無同好也邪右眞蹟

唐張中丞傳歲月闕

右張中丞傳李翰撰嗚呼集本無此二字張巡許遠之事壯

矣秉筆之士皆喜爲之稱述也然以翰所記考唐書列傳及韓退之所書皆互有得失而列傳最爲疎略雖云史家當記大節然其大小數百戰屢敗賊兵其智謀材力亦有過人可以示後者史家皆滅而不著甚可惜也翰之所書誠爲太繁然廣記備言所以備史官之采也 右真蹟

唐李陽冰城隍神記 乾元二年

右城隍神記唐李陽冰撰并書陽冰爲縉雲令遭旱禱雨約以七日不雨將焚其祠既而雨遂徙廟于西山陽冰所記云城隍神祀典無之吴越有爾然今非

止吳越天下皆有而縣則少也右集本

唐李陽冰忘歸臺銘乾元二年

右忘歸臺銘唐李陽冰撰并書銘及孔子廟城隍神記三碑並在縉雲其篆刻比陽冰平生所篆最細瘦世言此三石皆活歲久漸生刻處幾合故細爾然時有數字筆畫特偉勁者乃真蹟也右集本

唐縉雲孔子廟記上元二年

右縉雲孔子廟記李陽冰撰并書孔子廟像之制前史不載開元八年國子司業郭璀奏云先聖孔宣父以先師顔子配其像爲立侍配享宜坐弟子十哲雖

得列像而不在祀享之位按祠令何休范甯等二十二賢猶蒙從祀十哲請列享在何休等上於是詔十哲皆爲坐像據陽冰記云换夫子之容貌增侍立者九人蓋獨顔回配坐而閔損等九人爲立像矣陽冰修廟在肅宗上元二年其不用開元之詔何也古集本

唐裴虬怡亭銘永泰元年

右怡亭在武昌江水中小島上武昌人謂其地爲吴王散花灘亭裴鶠造李陽冰名而篆之裴虬銘李莒八分書刻于島石四十六字集本作怡亭銘李陽冰篆裴虬撰李莒書銘在武昌江水中有小島亭在其上人謂其地爲吴王散花灘銘刻于島石常爲江水所没故世

亦罕傳鷗[集本以鷗字作亭裴公作]不知何人虬代宗時[集本有為字]道州刺史韓愈[集本作退之]為其子復墓志云虬為諫議大夫有寵代宗朝屢諫諍數命以官多辭不拜然唐史不見其事李莒華弟也治平二年正月十日孟春薦饗攝事致齋中書東閣書[右真蹟]

唐李陽冰廢子泉銘[大曆六年]

右廢子泉銘李陽冰撰并書慶曆五年余自河北都轉運使貶滁陽屢至陽冰刻石處未嘗不裴回其下廢子泉昔為流谿今為山僧填為平地起屋于其上問其泉則指一大井示余[集本無此二字]曰此廢子泉也可

不惜哉右眞蹟

唐李陽冰阮客舊居詩歲月闕

右李陽冰阮客舊居詩云：阮客身何在，僊雲洞口横。人間不到處，今日此中行。阮客者不見其名氏，蓋縉雲之隱者也。彼以遁俗爲高，而終以無名於後世，可謂獲其志矣。然聖人有所不取也。陽冰欲稱其人，而不顯其名字，何哉？豈阮客見稱於當時，而陽冰不慮於後世邪？夫士固有顯聞於一時而泯没於萬集本作後世者矣，顧其道何如集本作如何也。陽冰篆字世傳多矣，此磨滅而僅存，尤可惜也。治平元年四月二十有六

唐裴公紀德碣銘 歲月見本文

右裴公紀德碣銘唐越州刺史王密撰國子監丞集賢院學士李陽冰篆裴公儆爲明州刺史密代之爲作此文其文去皇唐御神器一百四十二年天下大康海隅小寇結亂甌越因言明州當出兵之衝民物殘弊儆撫綏有惠愛而人思之爾按唐自戊寅武德元年受命至己亥乾元二年乃一百四十二年是時肅宗新起靈武上皇自蜀初還史思明僭號于河北是歲洛陽汝鄭等州皆陷于賊不得去天下大康而

海隅小寇也考于史傳又不見其事惟合州賊袁晁攻陷浙東州郡乃寶應元年當云一百四十五年又據密代儆爲明州刺史至大曆十四年移湖州則儆密相繼爲刺史宜在代宗時然密當時人推次唐年不應有失余友王回深父曰唐自武德至大曆八年實一百五十六年中間除則天稱周十四年則正得一百四十二年是時天下粗定文人著辭以爲大康理亦可通是歲廣州哥舒晃作亂海隅小寇豈謂此歟余以謂晃之亂唐命江西路嗣恭討平之不當自明州出兵深父曰然兵家出奇明州海道去廣不遠

亦或然也故并著之右集本

又

右裴公紀德碣王密撰裴公名儆代宗時爲明州刺史密代之碣文云皇唐御神器一百四十二載天下大康而海隅小寇結亂甌越按唐自武德元年至乾元二年實一百四十二年是時肅宗新起靈武上皇自蜀初還史思明僭號于河北是歲洛陽汝鄭等州皆陷于賊不得云天下大康而海隅小寇考于史傳又不見其事然密當時人推次唐年不宜有失王回曰大曆八年廣州哥舒晃作亂此所謂海隅小寇者

也自武德元年至是歲實一百五十六年中間則天稱周者十四年去之正得一百四十二年矣豈謂此歟以事考驗理宜如此又不知宻意為如何也姑志其語以俟知（集本有之字）者嘉祐八年十月三十日書（右真蹟）

唐玄靜先生碑（大曆七年）

右玄靜先生碑柳識撰張從申書李陽冰篆額唐世工書之士多故以書知名者難自非有以過人者不能也然而張從申以書得名於當時者何也從申每所書碑李陽冰多為之篆額時人必稱為二絶其為世所重如此余以集録古文閲書既多故雖不能書

而稍識字法從申所書棄者多矣而時録其一二者以名取之也夫非衆人之所稱任獨見以自信君子於是慎之故特録之必待知者　右真蹟

唐龍興寺四絶碑首　大曆八年

右四絶碑首者李陽冰篆法慎律師碑額也在揚州龍興寺唐李華文張從申書李陽冰篆額律師者淮南愚俗素信重之謂此碑爲四絶碑律師非余所知華文與從申書余亦不甚好故獨録此篆爾　右集本

唐滑州新驛記　大曆九年

右新驛記李陽冰篆碑在今滑州驛中其陰有銘曰

斯去千載冰生唐時冰今又去後來者誰後千年有人吾不知之後千年無人當盡於斯嗚呼郡人爲吾寶之不知作者爲誰然貫䏌嘗爲李騰序説文字源盛稱陽冰此記䏌爲滑州刺史因見斯記而稱之耳陽冰所書世固多有可愛者不獨斯記也嘉祐八年十二月廿六日書 右眞蹟

唐王師乾神道碑 大曆十三年

右王師乾神道碑張從申書余初不甚以爲佳但怪唐人多稱之第録此碑以俟識者前歲在亳社因與秦玠郎中論書玠學書於李西臺建中而西臺之名

重於當世余因問玠西臺學何人書玄學張從申也

問玠識從申書否玄未嘗見也因以此碑示之玠大

驚曰西臺未能至也以此知世以鑒書爲難者誠然

也從申所書碑今絶不行於世惟予集録有之者吴

季子碑陰記崔圓頌德碑并此纔三爾熙寧三年十

月二十七日書右真蹟

集古録跋尾卷第七

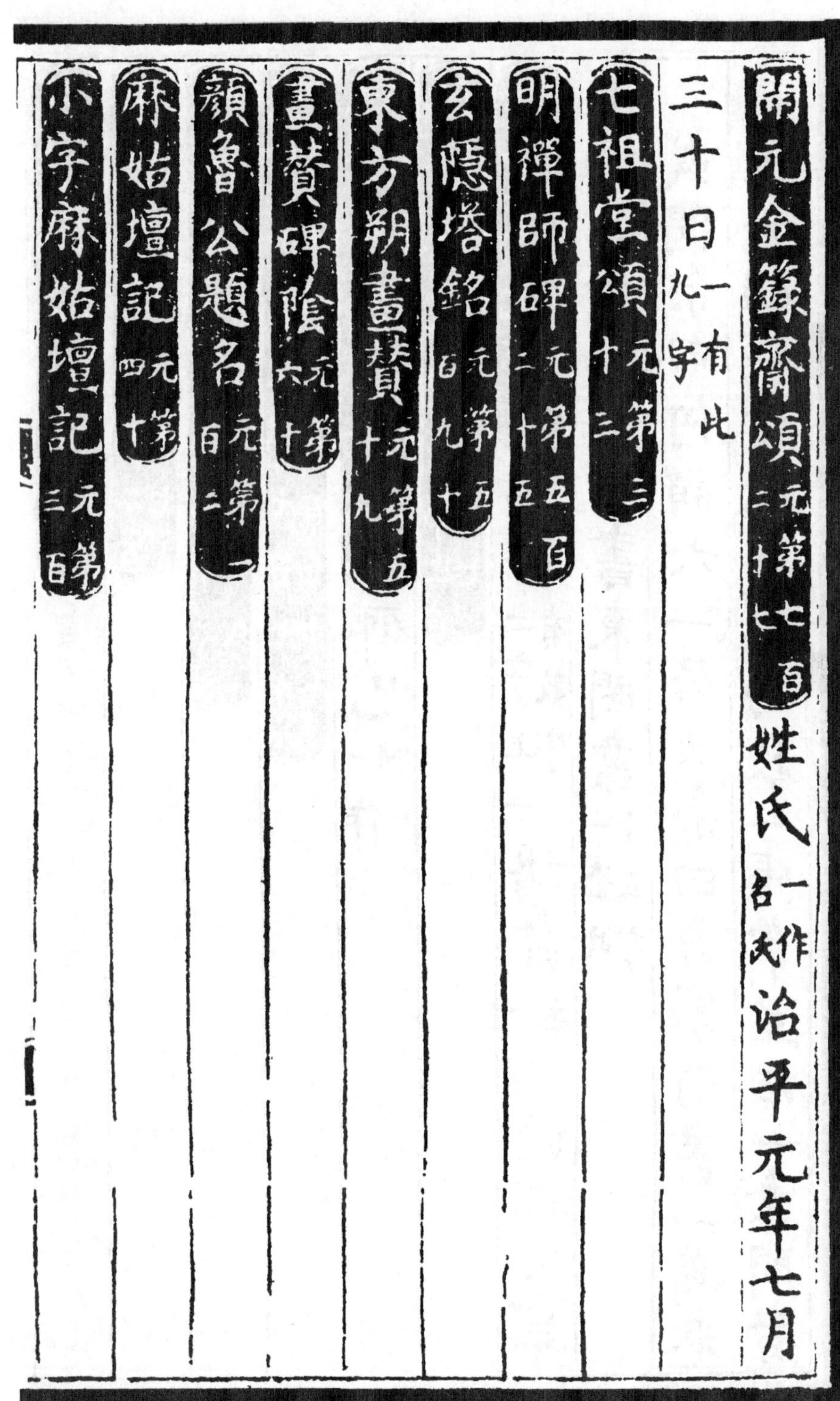

開元金籙齋頌元第七百二十七姓氏一作名氏治平元年七月三十日一有此九字

七祖堂頌元第三十三

明禪師碑元第五百二十五

玄隱塔銘元第五百九十

東方朔畫贊元第五十九

畫贊碑陰元第六十

顔魯公題名元第一百二

麻姑壇記元第四十

小字麻姑壇記元第三百

唐中興頌元第四十八至五十

干祿字樣元第二百二十七

干祿字樣模本元第二百三十八

歐陽琟碑元第七百七十六至七百七十七

杜濟神道碑元第四百五碑已一作以

杜濟墓誌銘元第三百七十七

射堂記元第五百三十為余二字上一有數字諸書一作本治平元年

七月二十二日中書東閣書一有此十五字

或問余曰何謂六一居士余曰吾家有書一萬卷

集古録一千卷棊一局琴一張常置酒一壺問者

曰此五一也柰何余曰以吾一翁老於五物之間

豈非六一乎治平丙午秋饗攜事齋于東閣書跋後

一有此七十五字

張敬因碑元第四十二至四十三

顔勤禮碑元第三百四十五至三百四十六

彥將皆當爲名此下一有也字

字乎一作否治平元年二月二十八日書一有此十一字

顔氏家廟碑元第五十二至五十三

顔魯公書殘碑元第三百九十七

又棄之也一作

湖州石記元第二百七十七

後世此下一有而字不朽此下一有也字亦有

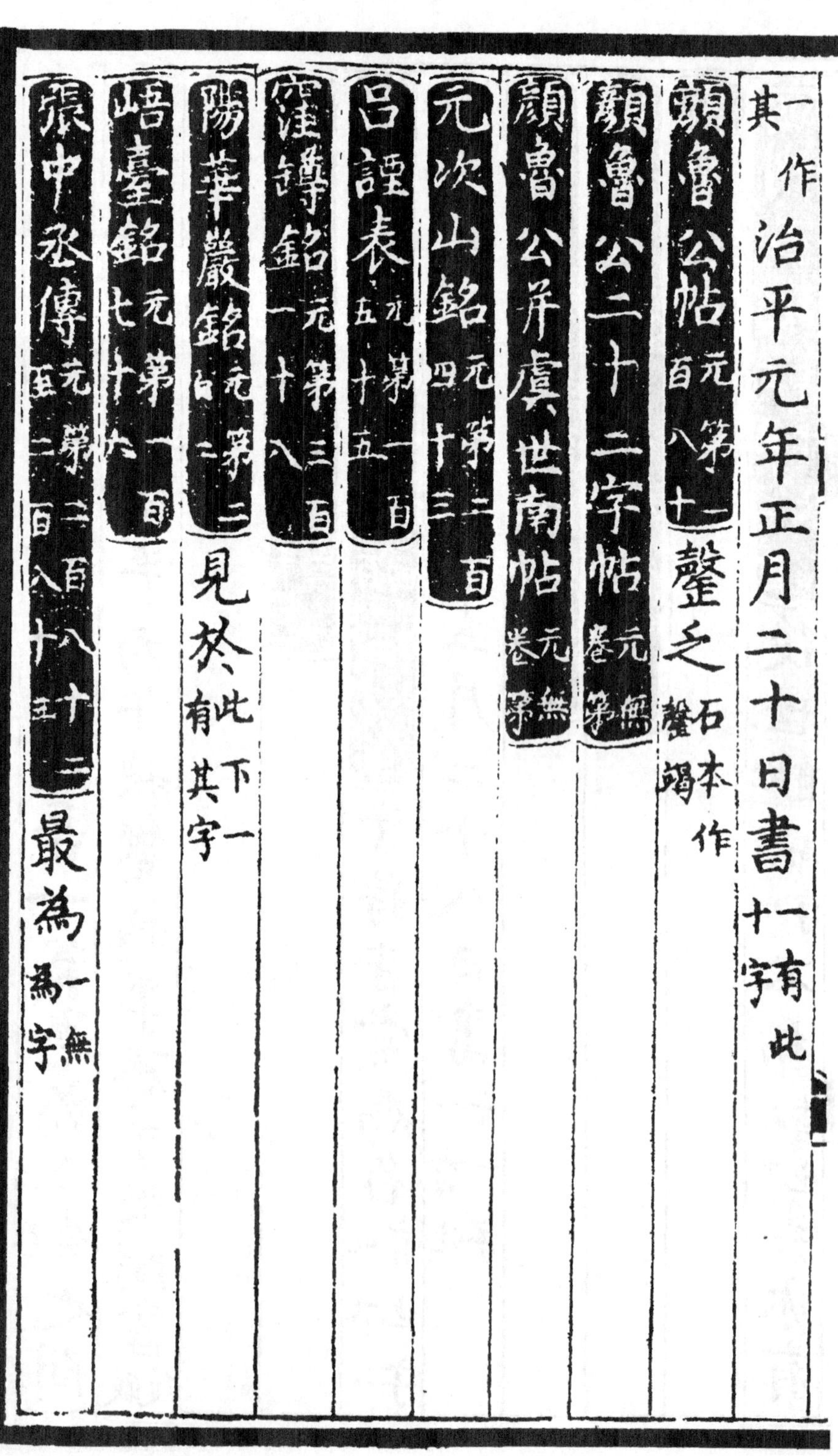

一作其治平元年正月二十日書一有此十一字

顏魯公帖元第一百八十一鏧之石本作鏧蹋

顏魯公二十二字帖元無卷第

顏魯公并虞世南帖元無卷第

元次山銘元第二百四十三

呂諲表元第一百五十五

窪罇銘元第三百一十八

陽華巖銘元第二百二見於此此下一有其字

峿臺銘元第一百七十六

張中丞傳元第二百八十二至二百八十五最為一無為字

城隍神記元第一百三

忘歸臺記元附一百四

縉雲孔子廟記元第一百四　郭璀一作郭元璀或作李元璀案唐志李元璀為是

嘉祐八年十月二十三日一有此十字

怡亭銘元第一百一十二

庶子泉銘元第七十　裴回一作俳佪

阮客舊居詩元第五百九十五

裴公紀德碣元第一百一十八

玄静先生碑元第五百二十七　之必二字一作以

四絶碑首元第一百七十九覺敍碑首附

嘉祐八年夏至日書一有

此八字

覺寂碑首亦陽冰篆也 跋後又有此九字

滑州新驛記 九百一十二 第二

王師乾碑 九百五 第七

集古錄跋尾卷第八　歐陽文忠公集一百四十一

唐徐方回西墉記 寶應　年

右西墉記唐徐方回撰方回去寶應中爲南陽令得崔子玉所作平子銘末二十一字陷于廳之西墉按今西鄂石本末句見在方回所得乃南陽半石之末也今又亡矣惜哉 右集本

唐禹廟碑 大曆三年段季展書

崔巨文傳於今者絶少皆不及此碑季展他所書亦不偉於此治平二年上元日書 右眞蹟

唐崇徽公主手痕詩 大曆四年

右崇徽公主手痕詩李山甫撰崇徽公主者僕固懷恩女也懷恩在肅宗時先以二女嫁回紇其一嫁毗伽可汗少子後號登里可汗者是也其一不知所嫁何人唐書懷恩傳及回紇傳皆不載惟懷恩所上書自陳六罪有云二女遠嫁爲國和親以此知其又嘗嫁一女爾此所謂崇徽公主者懷恩幼女也懷恩既反引羌渾奴刺爲邊患永泰中病死於靈武其從子名臣以千騎降唐大曆四年始以懷恩幼女爲（集本有崇徽二字）公主又嫁回紇即此（集本有公主二字）也治平元年三月八日書　右眞蹟

唐僧懷素法帖 大曆十二年

右懷素唐僧字藏真特以草書擅名當時而尤見珍於今世予嘗謂法帖者乃魏晉時人施於家人朋友其逸筆餘興初非用意而自然可喜後人乃棄百事而以學書爲事業至終老而（集本無此字）窮年疲弊精神而不以爲苦者是真可笑也懷素之徒是已治平元年八月八日書 右真蹟

唐重摹吳季子墓銘 大曆十四年

右吳季子墓銘自前世相傳以爲孔子所書據張從紳[illegible]記云舊石堙滅開元中玄宗命殷仲容摸搨其

書以傳然則開元之前已有本矣至大曆中蕭定又刋于石則轉相傳模失其真遠矣按孔子平生未嘗至吴以史記世家考之其歷聘諸侯南不踰楚推其歲月蹤跡未嘗過吴不得親銘季子之墓又其字特大非古簡牘所容第以其名傳之久不可遽廢故録之以俟博識君子右集本

又

右古篆文曰嗚呼有吴延陵季子之墓自前世相傳以為孔子所書據張從紳[闕]記云舊石堙滅開元中玄宗命殷仲容楊本遂傳於世然則開元以前已有

刻石矣其後正元中鄭播又爲記盧國遷建堂樹碑則今本又非仲容所模者字亦奇偉莫知何人所書按孔子未嘗至吳以史記世家考之其歷聘諸侯南不踰楚推其歲月蹤跡無過吳之理不得親銘季子之墓又其字特大非簡牘所容惟博物君子必能辨之右真蹟

唐竇叔蒙海濤誌大曆中

右海濤誌竇叔蒙撰其書六篇一曰海濤誌二曰濤曆三曰濤日時四曰濤期五曰朔望體象六曰春秋仲月漲濤解余嚮在揚州得此誌甚愛之張于座右

之壁冀於朝夕見也已而夜爲風雨所壞其後求之凡十五年而復得斯本以示京師好事者皆去未嘗見也 右集本

唐鹽宗神祠記 大曆中

右鹽宗神祠記，戔義方撰。近時有尚書郎張席自言家寓解州，爲余言安邑解縣兩池鹽事云：夏月鹽南風來，池面紫色，須臾凝結如雪，土人謂之漫生鹽。而兩池歲役畦夫數百，種鹽公私耗弊，而州縣吏緣以爲姦利，棄漫生鹽不取，誣其苦不可食。席博學能言漢唐事，尤詳，爲余復言前世鹽皆自生，開元中姜師度爲河中尹而鹽池涸始置鹽屯故唐格自開元後遂有畦夫營種之課席因上書論鹽漫生之利官遂罷畦夫而公私皆以爲然而議者或害其事乃云漫生鹽味苦不可食或云暫結復銷不可畜聽者方惑其事余因讀義方所記乃云若陰陽調和鬼神驅造不勞人而擅其利與夫鑿泉煑海不相爲謀由是知唐世鹽非營種爲決可信義方大曆時爲榷鹽使余家集録古文不獨爲傳記正訛繆亦可爲朝廷決疑議也右集本

唐鴈門王田氏神道碑代宗時

右唐魏博節度使鴈門郡王田承嗣碑營田副使裴抗撰子緒碑節度判官丘絳撰按唐書列傳承嗣十一子維朝華繹綸縮緒繪純紳縉而緒次當第七此二碑皆以緒爲第六子而無縮自緒而下有繪純紛縉與史不同二碑當時故吏所作必不誤蓋史之繆也其文與字皆不嘉故余特録其世次而已右眞蹟

唐李憕碑大曆四年

右李憕碑李紓撰新唐書列傳云憕十餘子江涵渢瀛等同被害惟源彭免據李紓載憕子見於碑者實十二人曰右補闕彭汝州刺史深華陰丞渢左驍衛

兵曹瀛硤石丞沆洪州别駕澥洛陽尉渭司農主簿汶又云公之薨也彭從玄宗南狩次公而殁深授任他郡其在洛陽者長子江第三子涵與華陰驍衛而又火子合六人皆從公殲于虜刃硤石而下與衆孫之在者僅以孩提免如紓所記憕子盡於是矣未嘗有源也紓但言衆孫孩亦不云有未名子也然則源者史家何從而得之據史言源爲司農主簿以碑考之源當爲汶也又據碑方憕殁于賊也彭深沆澥渭汶六子獲免而史惟云源彭此當以碑爲正紓當代宗時爲憕作碑自云與憕有通家之好幼奉升堂之慶

宜知愷事不繆也 右集本

唐甘棠館題名 歲月見本文

右甘棠館題名自唐德宗貞元以來止於會昌文字多已磨滅惟高元裕韋夏卿所書尚可讀甚矣人之好名也其功德之盛固已書竹帛刻金石以垂不朽矣至於登高遠望行旅往來慨然寓興於一時亦必勒其姓名留于山石非徒徘徊俯仰以自悲其身世亦欲來者想見其風流夏卿所記留連感愴意不淺也如高韋二子皆當時知名士也史傳載之詳矣昔杜預沈碑漢水謂萬世之後谷或爲陵庻幾復出以

見于世其為慮深矣然預之功業不待碑而自傳其區區於此者好名之弊也故士或勤一生以自苦或餓死空山之中甚者蹈水火赴刀鋸以就後世之名為莊生所笑者有矣故余於集古每得前世題名未嘗不録者閔夫人之甚好名也右集本

唐汾陽王廟碑貞元二年

右郭子儀廟碑高參文其敘子儀功業不甚詳而載破墨姓處木討沁陁處蜜事則唐書列傳無之蓋子儀微時所歷集本作立其後遂立大勳宜乎史略不書也然唐書有處密處月朱耶孤注等皆是西突厥薛延

陁別部名號余於五代史爲李克用求沙陁種類卒不見其本末而參謂處蜜爲沙陁不知其何所據也按陳翃子儀家傳亦云討沙陁處墨十二姓與參所書頗同唐書轉蜜爲密當以碑爲正 右眞蹟

唐郭忠武公將佐略 貞元十二年

右忠武公將佐略陳翃撰忠武公者郭子儀也翃之所書亦爲盛矣猶言得其六七蓋其官至宰相者七人爲節度使者二十八人尚書丞郎京尹者十人廉察使者五人據翃所得而書者實六十人而顯名於世者蓋五十人雖喬琳周智光李懷光僕固懷恩等

陷於禍敗然杜鴻漸黄裳李光弼光進之徒偉然名見於當時而垂稱於後世者亦不爲少豈惟得失相當而已哉雖汾陽功業士多喜附以成名然其亦自有以得之也其忠信之厚固出其天性至於處富貴保功名古人之所難者謀謨之際宜亦得其助也治平甲辰秋社前一日書右眞蹟

唐濟瀆廟祭器銘 貞元十三年

右濟瀆廟祭器銘張洗撰碑云置齋郎六人唐自高宗以後官不勝其濫矣洗之所記乃開元時事州縣祠廟置齋郎六人可知其濫官之弊然史家不能詳

載惟於碑刻偶見其一二爾治平甲辰秋分後一日

中書東閤雨中書右真蹟

唐神女廟詩貞元十四年

右神女廟詩李吉甫丘玄素李貽孫敬騫等作余貶夷陵令時嘗泛舟黄牛峽至其祠下又飲蝦蟇碚水覽其江山巉絶窮僻獨恨不得見巫山之奇秀每讀數子之詩愛其辭翰遂録之一有遂爲佳玩字右集本

唐馬寔墓誌銘貞元十四年

右馬寔墓誌銘唐歐陽詹撰并書其文辭不工而字法不俗故録之寔之事迹亦無足紀也右集本

又

詹之文爲韓退之所稱遂傳于世然其不幸早死故其傳者不多刻石之文秖有此與福州佛記耳尤可惜也 右真蹟

唐石洪鍾山林下集序 貞元二十年

右鍾山林下集序者石洪爲浮圖總悟作也石洪爲處士而名重當集本一作時者以常爲韓退之稱道也唐世號處士者爲不必矣洪終始無佗可稱於人者而至今其名獨在人耳目由韓文盛行於世也而洪之所爲與韓道不同而勢不相容也然韓常歎籍湜輩

叛已而不絶之也豈諸子駁雜不能入於聖賢之域而韓子（集本有獨字）區區誨誘思援而出於所溺歟此孔孟之用心也治平元年八月八日書是日上以霖雨不止分命羣臣祈禱余祈于太社既歸而雨遂止恭謹記 右真蹟

唐房太尉遺愛碑陰記（元和六年同是石洪撰附見）

石洪文字罕見於後世故特録之 右見綿本拾遺

唐賀蘭夫人墓誌 貞元七年

右賀蘭夫人墓誌唐陸贄撰或云贄書也題曰祕書監陸公夫人墓誌銘而贄自稱姪曾孫此石在常州

一有陸監名齋望五字 右集本

唐陸文學傳咸通十五年

右陸文學傳鴻漸自撰茶之見前史蓋自魏晉以來有之而後世言茶者必本陸鴻漸蓋爲茶著書自其始也至今俚俗賣茶肆中常置一甆偶人於竈側云此號陸鴻漸鴻漸以茶自名於世久矣考其傳著書頗多曰君臣契三卷源解三十卷江表四姓譜十卷南北人物志十卷吳興歷官記三卷潮州刺史記一卷茶經三卷占夢三卷其多如此豈止茶經而已哉然其他書皆不傳 右集本

唐辨正禪師塔院記 貞元中

右辨正禪師塔院記徐峴書誠能行筆而少意思也往時石曼卿屢稱峴書曼卿多得顔柳筆其書與峴不類而遠過之不知何故喜峴書也余當曼卿在時猶未見峴書但聞其所稱曼卿殁已久始得此書遂録之爾 右真蹟

唐韓愈盤谷詩序 貞元中

右送李愿歸盤谷序韓愈撰盤谷在孟州濟源縣正元中縣令刻石于其側令姓崔其名浹今已磨滅其後書去昌黎韓愈知名士也當時退之官尚未顯其

道未為當世所宗師故但云知名士也然當時送愿者為不少而獨刻此序蓋其文章已重於時也以余家集本校之或小不同疑刻石誤集本世已大行刻石乃當時物存之以為佳翫爾其小失不足較也右真蹟

唐韓退之題名元和四年已下七篇皆韓文公撰故不與別碑歲月為敘

右韓退之題名二皆在洛陽其一在嵩山天封宮石柱上刻之集本有記龍潭遇雷事六字天聖中余為西京留守推官與梅聖俞遊嵩山入天封宮裴回柱下而去遂登山頂至武后封禪處有石記戒人遊龍潭者毋妄語笑以黷神龍龍怒則有雷恐因念退之記遇雷意其

有所試也其一在福先寺塔下當時所見墨蹟不知其後何人模刻于石也治平元年三月廿二日書右真蹟

唐田弘正家廟碑元和八年

右田弘正家廟碑昌黎先生撰余家所藏書萬卷惟昌黎集是余為進士時所有最為舊物自天聖以來古學漸盛學者多讀韓文而患集本訛舛惟余家本屢更校正時人共傳號為善本及後集録古文得韓文之刻石者如羅池神黃陵廟碑之類以校集本有余家二字集本舛繆猶多若田弘正碑則又尤甚蓋由諸本不同往往妄加改易集本有今字以碑校集印本與刻石

多同當以爲正九字集本作初未必誤多爲挍讎者妄改之乃知文字之傳久而轉失其真者多矣則挍讎之際決於取捨不可不慎也

印本去銜訓事嗣朝夕不怠往時用他本改去銜訓嗣事令碑文去銜訓事嗣與印本同知其妄改也

印本去以降命書用他本改爲降以命書令碑文去以降命書與印本同知爲妄改也

印本云奉我天明用他本改去奉我王明令碑文去奉我天明與印本同知爲妄改也此類甚多略

舉三事要知改字當慎也　治平元年三月八日書

右眞蹟

唐韓愈南海神廟碑 元和十五年

右南海神廟碑韓愈撰陳諫書以余家舊藏集本校之皆同惟集本去蜿蜿蜒蜒而碑爲 集本作去 蜿蜿虵虵小異當以碑爲正今世所行昌黎集類多訛舛惟南海碑不舛者以此刻石人家多有故也其妄意 集本無此字 改易者頗多亦賴刻石爲正也治平元年七月二十日書　右眞蹟

唐韓愈羅池廟碑 長慶中

右羅池廟碑唐尚書吏部侍郎韓愈撰中書舍人史館修撰沈傳師書碑後題去長慶元年正月建按穆宗實録長慶二年二月傳師自尚書兵部郎中翰林學士罷爲中書舍人史館修撰其九月愈自兵部侍郎遷吏部集本有然則撰建碑時愈未爲吏部沈亦未爲舍人字碑言柳侯死後三年廟成明年愈爲柳人書羅池事子厚以元和十四年卒至集本有後三年字愈作碑時當是長慶三年考二君官與此碑亦同但不應在元年正月蓋後人傳摹者二十三字集本作則二君官當與此碑同其書元年正月蓋傳摹者誤刻之爾今世傳昌黎先生集載此碑文多同惟集本以炎有新

船爲渋茘子丹兮蕉黄蕉下加子二十五字集本作此文與碑多同惟集本云渋有新船而碑以渋爲步茘子丹兮蕉子黄碑蕉下無子字當以碑爲是而碑去春與猿吟而集本作兮秋鶴與飛則疑碑之誤也嘉祐八年六月二日書右眞蹟

唐韓愈黄陵廟碑長慶元年

右黄陵廟碑韓愈撰沈傳師書昌黎二字集本作韓集今大行於世而患本不真余家所藏最號善本世多取以爲正然時時得刻石挍之猶不勝其舛繆是知刻石之文可貴也不獨爲覧好而已黄陵碑以家本挍之不同者二十餘事如家本言降小君爲夫人而碑云

降小水之類皆當以碑爲正也嘉祐八年十月十八日書 右眞蹟

唐胡良公碑 長慶三年

右唐胡良公碑韓愈撰良公者名珦韓之門人張籍妻父也今以碑校余家所藏昌黎集本號爲最精者文字猶多不同皆當以碑爲正茲不復紀碑云珦子逞迺巡遇述遷造而集本無巡他流俗所傳本集本有又字有云遇或爲巡者皆非集本有也字當以碑爲正治平元年七月晦日書 右眞蹟

唐韓文公與顛師書歲月未詳

右韓文公與顛師書世所罕傳余以集録古文其求之既勤且博（七字集本只作其求之博）蓋久而後獲其以易（集本無此字）繫辭爲大傳謂著山林與著城郭無異等語宜爲退之之言其後書吏部侍郎潮州刺史則非也蓋退之自刑部侍郎貶潮州後移袁州召爲國子祭酒遷兵部侍郎久之始遷吏部而流俗相傳但知爲韓吏部爾顛師遺記雖云長慶中立蓋并韓書皆國初重刻故繆爲附益爾治平元年三月十三日書（右真蹟）

唐高閑草書（歲月未詳）

高閑草書審如此則韓子之言爲實録矣永豐歐陽

脩右見綿本別集二十三卷

唐武侯碑陰記開成二年

右武侯碑陰記崔備撰唐劒南西川節度使武元衡及其將佐題名者二十九人楊嗣復再題及其僚屬又六人并嗣復汝士詩兩首合為一卷唐諸方鎮以辟士相高故當時布衣韋帶之士或行著鄉閭或名聞場屋者莫不為方鎮所取至登朝廷位將相為時偉人者亦皆出諸侯之幕如元衡所記裴度柳公綽楊嗣復皆相繼去為本朝名將相亦可謂盛矣哉治平元年初伏休假兩中書右貞蹟

唐盧頊禱聰明山記元和二年

右禱聰明山記盧頊撰乃盧從史禱山神之記也闕從史官屬題名見孔戡與烏重胤俱列于後而感集本作覽韓退之記戡事云戡屢諫從史不聽卒爲重胤所縛掩卷歎息者久之嗚呼禍福成敗之理甚明而先事而言則罕見從事至而言則不及矣自古敗亂之國未始不如此也右真蹟

唐侯喜復黄陂記歲月見本文

右復黄陂記唐侯喜撰黄陂在汝州汝州有三十六陂黄陂最大溉田千頃始作于隋記云至貞元辛未

刺史盧處始復之卒未貞元七年也碑元和三年建

喜之文辭嘗爲韓退之所稱而世罕傳者余之所得

此碑而已　右集本

又

昌黎先生甚稱侯喜其文罕傳於今余之所見止此

一篇爾　右真蹟

唐柳宗元般舟和尚碑　元和三年

右般舟和尚碑柳宗元撰并書子厚所書碑世頗多

有書既非工而字畫多不同疑喜子厚者竊借其名

以爲重子厚與退之皆以文章知名一時而後世稱

爲韓柳者蓋流俗之相傳也其爲道不同猶夷夏也然退之於文章每極稱子厚者豈以其名並顯於世不欲有所貶毁以避争名之嫌而其爲道不同雖不言顧後世當自知歟不然退之以力排釋老爲已任於子厚不得無言也治平元年三月廿二日書右真蹟

唐南嶽彌陁和尚碑元和五年

右南嶽彌陁和尚碑柳宗元撰并書自唐以來言文章者惟韓柳柳豈韓之徒哉真韓門之罪人也蓋世俗不知其所學之非第以當時輩流言之爾今余又多録其文懼益後人之惑也故書以見余意右集本

唐元稹修桐柏宫碑 大和四年

右唐元稹撰文并書其題云修桐柏宫碑又其文以四言爲韻語既牽聲韻有述事不能詳者則自爲注以解之爲文自注非作者之法且碑者石柱爾古者刻石爲碑謂之碑銘碑文之類可也後世伐石刻文既非因柱石不宜謂之碑文然習俗相傳理猶可考今特題去修桐柏宫碑者甚無謂也此在文章誠爲小瑕病前人時有忽略然而後之學者不可不知自漢以來墓碑多題云某人之碑者此乃無害蓋目此石爲某人之墓柱非謂自題其文目也今稹去修桐

柏宮碑則於理何稽也 右集本

唐虞城李令去思頌 元和四年

右虞城李令去思頌李白撰文王遹篆唐世以書自名者多而小篆之學不（集本作十）數家自陽冰獨擅後無繼者其前惟有碧落碑而不見名氏遹開元天寶時人在陽冰前而相去不遠（集本有亦工八分四字）然當時不甚知名雖字畫不爲工而一時未有及者所書篆字惟有此爾世亦罕傳余以（集本無此字）集録求（集本無此字）之勤且博廑得此爾今世以小篆名家如邵不疑楊南仲章友直閒之皆去未嘗見也治平元年二月七日書

右真蹟

唐陽公舊隱碣元和中

右陽公舊隱碣胡証撰黎燭書李靈省篆額唐世篆法自李陽冰後寂然未有顯於當世而能自名家者靈省所書陽公碣筆畫甚可佳既不顯聞於時亦不見於他處以余家所藏之博而見於録者惟此雖未為絶筆亦可惜哉嗚呼士有負其能而不為人所知者可勝道哉右真蹟

唐于夐神道碑元和中

右于夐神道碑盧景亮撰其文辭雖不甚雅而書事

能不没其實叟之為人如其所書蓋篤於信道者也碑云司馬遷儒之外五家班固儒之外八流其語雖拙蓋言其（集本作叟）學不駁雜也然則非徒貶去釋老而已自儒術之外餘皆不學爾碑又云其弟可封好釋氏叟每非之叟于頔父也然可封之後不大顯而叟之後甚盛以此見釋氏之教信嚮者未必獲福毀貶者未必有禍也碑言叟篤於孝悌守節安貧不可動以勢利其所獲如此足以興其後世矣治平元年八月十一日書　右真蹟

唐昭懿公主碑　元和中

右昭懿公主碑孟簡撰皇甫鑄書公主代宗女也號昇平公主嫁郭氏公主之號自漢以來始有謂天子之女禮不自主婚（集本作婿）以公主之因以爲名爾後世號某國公主者雖實不以國公爲主而名猶不失其義唐世始別擇佳名以加之如昇平之類是也已失其本義矣今此碑乃云諱昇平公主字昇平公主（集本無此五字）斯莫可曉也已治平元年八月八日書　右真蹟

唐李光進碑元和中

右李光進碑楊炎撰韓秀實書唐有兩李光進其一光顔之兄其一光弼之兄弟也此碑乃光弼弟也唐

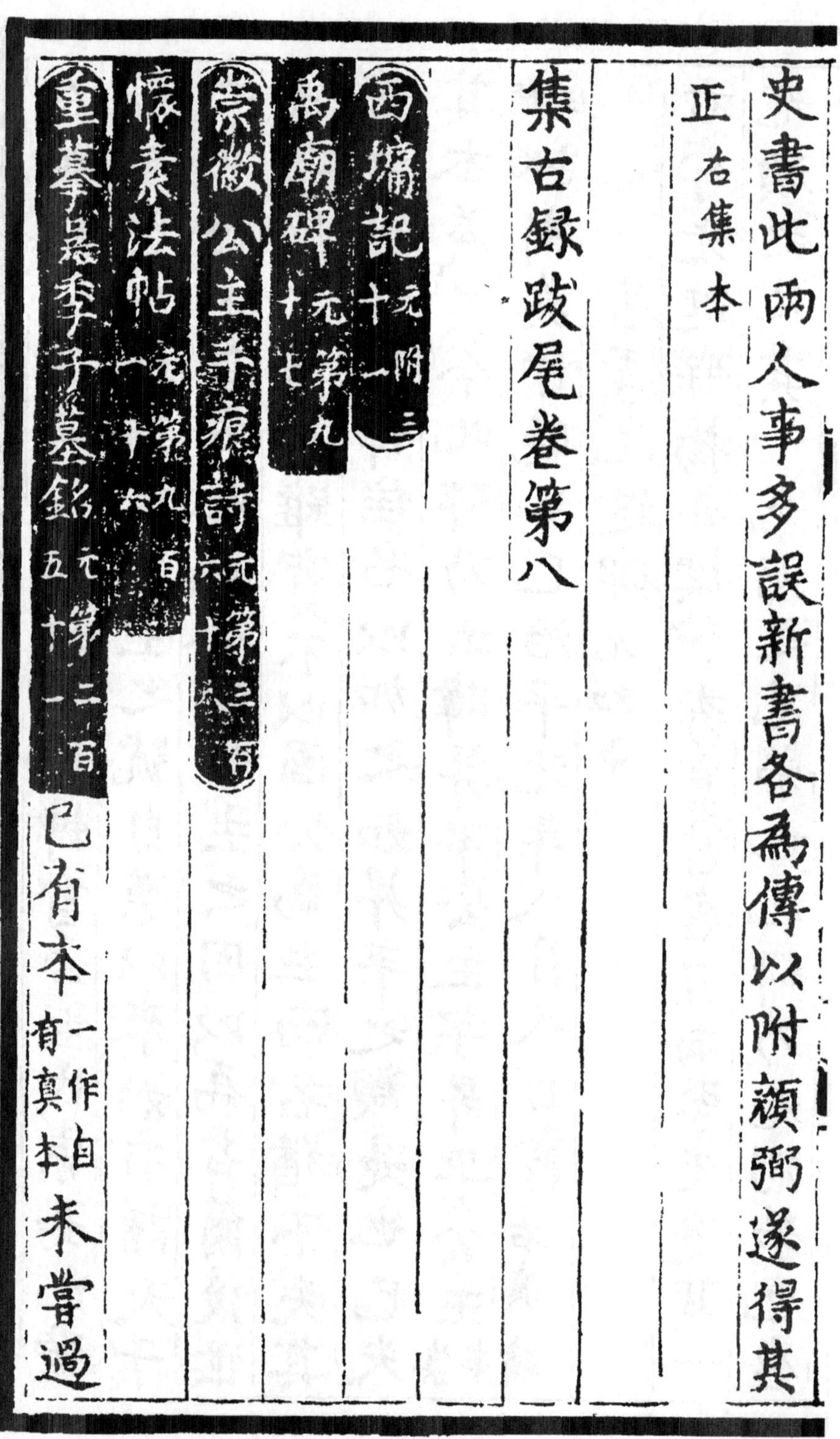

史書此兩人事多誤新書各爲傳以附顔弼遂得其正右集本

集古録跋尾卷第八

西塘記十一 元附三

禹廟碑十七 元第九

崇徽公主手痕詩六十六 元第三百

懷素法帖一十六 元第九百

重摹嶧季子墓銘五十一 元攈第二百

已有本一作自有真本未嘗過

吳[一作無吳之理]過其名傳之久[一作其傳也久]嘉祐八年五月晦日書[一有此九字]

海濤誌[元第九百]

誌[一作志篇內同]治平元年七月二十日書[一有此十字]

鹽宗神祠記[元第九百六十九]

故唐[一無故字]官遂[一無官字]為然[一作利]不獨為傳記正訛繆亦可為朝廷決疑議也[一作為傳記正訛繆多矣為朝廷決有司疑議獨斷記尔]治平元年八月十一日書[一有此十字]

鴈門王田氏神道碑[元無卷第]

李憕碑[元第四百六十九]

而又[一作又兩]六人[一作于]孩提[一作提孩]衆孫[此下一有提字]升堂之慶[一作昇堂之慶]治平元年三月二十三

日書一有此十一字

甘棠館題名元第四百二　治平元年清明前一日書一有此十字

汾陽王廟碑元第九百二十九　治平甲辰七月十三日以服

藥家居書一有此十五字

郭忠武公將佐略元第八百五至八百六　諆謨一作謨謀

齊瀆廟祭器銘元第八百　所記一作聞

神女廟詩元第一百四十二　嘉祐八年十一月十四日一有此十字

馬寔墓誌銘元第九十　同前

鍾山林下集序元第九百八十九　而洪一無而字

房太尉遺愛碑陰記元第四百三

賀蘭夫人墓誌 元第三十二

陸文學傳 元第五百四十七

茶之此下一有載字號陸鴻漸此下一有至飲茶客稀則烹茶沃之云可祝利市十五字鴻漸以茶四字上一有盖字考其此下一有自字潮州一作湖州其多如此一無此四字不傳此下一有獨茶經著於世宜其自傳於此名也治平元年七月二十日書二十四字

又別本

右陸文學傳題云自傳而曰名羽字鴻漸或云名鴻漸字羽未知孰是然則豈其自傳也茶載前史自魏晉以來有之而後世言茶者必本鴻漸盖爲茶著書自羽始也至今俚俗賣茶肆中多置一甆偶人云是陸鴻漸至飲茶客稀則以茶沃

此偶人祝其利市其以茶自名久矣而此傳載羽所著書頗多去君臣契三卷源解三十卷江表四姓譜十卷南北人物志十卷吳興歷官記三卷湖州刺史記一卷茶經三卷占夢三卷豈止茶經而已也然他書皆不傳獨茶經著於世爾

辯正禪師塔院記 元第二百六十二 徐峴 此下一有所字 柳筆 此下一有法字

盤谷詩序 元第三百八十九 當時 一作蓋時 世已 一作既已 治平元年中元日書 一有此八字

韓退之題名 元第四百七十 記遇 一無記字 試也 試一作識

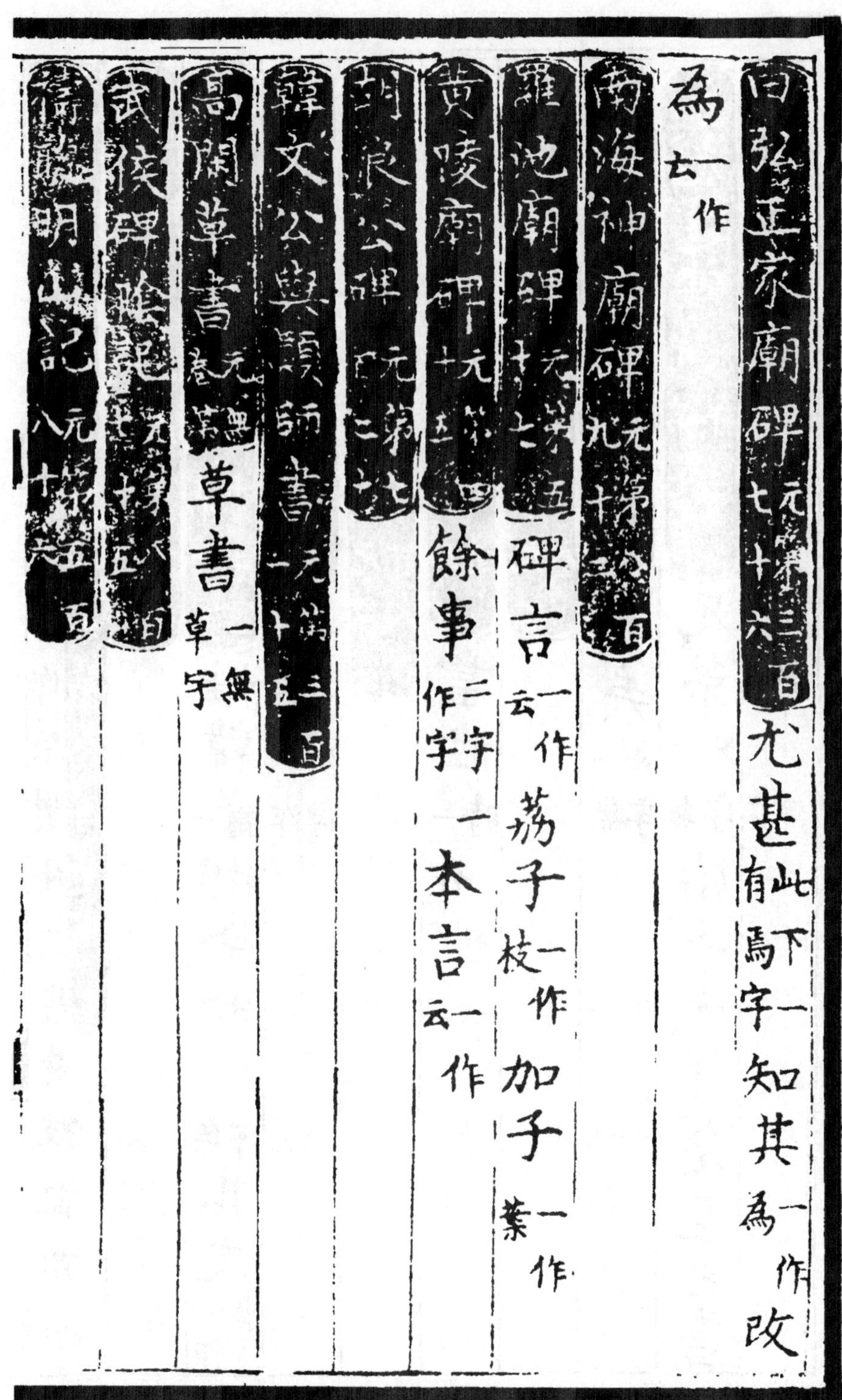

田弘正家廟碑 元第三百七十六 尤甚 此下一有爲字 知其爲 一作改

爲 一作云

南海神廟碑 元第三百九十

羅池廟碑 元第五百十七 碑言 一作云 荔子 一作枝 加子 一作葉

黃陵廟碑 元第四百十五 餘事 二字一作字 一本言 一作云

胡良公碑 元第七百二十七

韓文公與顛師書 元第三百二十五

高閑草書 元無卷第 草書 一無草字

武侯碑陰記 元第八百十五

[illegible]明山記 元第五百八十六

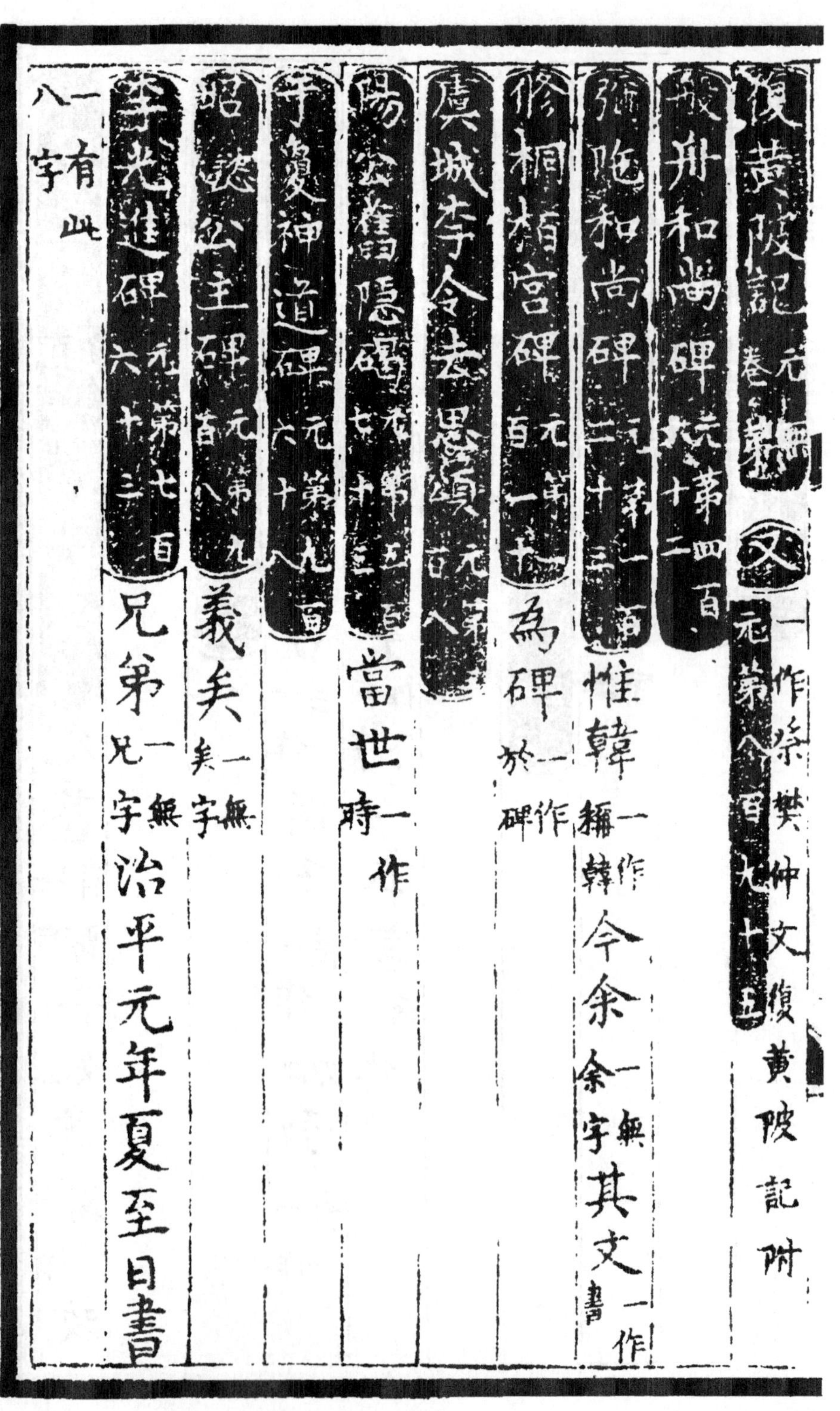

復黄陂記 元無卷數

又 元第八百九十五 一作祭樊仲文復黄陂記附

般舟和尚碑 元第四百六十二

強鮑和尚碑 元第一百二十三 惟韓一作稱韓令余一無余字其文一作書

修桐柏宮碑 元第一百一十 為碑一作於碑

虞城李令去思頌 元第百八

陽公舊隱碣 元第五百七十三 當世一作時

于夐神道碑 元第九百六十八

昭懿公主碑 元第九百八 義矣一無矣字

李光進碑 元第七百六十三 兄弟一無兄字治平元年夏至日書

一有此八字

唐樊宗師絳守居園池記 長慶三年

右絳守居園池記唐樊宗師撰或云此石宗師自書嗚呼元和之際文章之盛極矣其怪奇至於如此 右集本

唐張九齡碑 長慶三年

右張九齡碑按唐書列傳所載大節多同而時時小異傳云壽六十八而碑云六十三傳自左補闕改司勳員外郎而碑云遷禮部傳言集本作云張說卒召爲祕書少監集賢院學士知院事碑云副知至後作相遷

中書令始云知院事其載張守珪請誅安禄山事（集本無此字）傳云九齡判守珪狀碑云守珪所請留中不行而公以狀諫然其爲語則略同碑長慶中立而公薨在開元二十八年至長慶三年實八十四年所傳或有同異而至於年壽官爵其子孫宜不繆當以碑爲是也治平元年二月十日書（右真蹟）

唐田布碑（長慶四年）

右田布碑庾承宣撰布之事壯矣承宣不能發於文也蓋其力不足爾布之風烈非得左丘明司馬遷筆不能書也故士有不顧其死以成後世之名者（集本有循）

字有幸不幸集本有馬字各視其所遭如何爾今有道史漢時事者其人偉然甚著而市兒俚嫗猶能道之自魏晉以下不爲無人而其顯赫不及於前者無左丘明司馬遷之筆以起其文也治平甲辰秋社日書右真蹟

唐沈傳師遊道林嶽麓寺詩長慶中

右嶽麓寺詩沈傳師撰并書題云酬唐侍御姚員外而二人之詩不見不知爲何人也獨此詩以字畫傳于世而詩亦自佳傳師書非一體此尤放逸可愛也

右集本

唐崔能神道碑 長慶三年

右崔能神道碑，李宗閔撰，能弟從書。碑云拜御史中丞持節觀察黔中仍賜紫衣金印按唐世無賜金印著官制古今（集本作古今官制）沿革不同而其名號尚或相襲自漢以來有銀青金紫之號當時所謂青紫者綬也金銀者乃其所佩印章亦綬所以繫印者也後世官不佩印此名虛設矣隋唐以來有隨身魚而青紫爲服色所謂金紫者乃服紫衣而佩金魚爾宗閔謂賜金印者繆也今世自以賜緋銀魚袋賜紫金魚袋結入官銜（集本有矣字）而（集本作今有）階至金紫光禄大夫者

遂於結銜去賜紫金魚袋皆流俗相承不復討（集本作訂）正久矣故因宗閔之失并記之治平元年七月二十日書

右真蹟

唐李德裕茅山三像記 寶曆二年

右茅山三像記李德裕撰德裕自號上清玄都大洞三景弟子上爲九廟聖主次爲七代先靈下爲一切含識敬造老君孔子尹真人像三軀此固俚巷庸鄙人之所常爲德裕爲之有不足恠然以孔子與老君爲伍而又居其下此豈止德裕之獨可罪耶今史記載孔子問禮於老聃（集本作聃下同）聃戒孔子去其驕（集本作驕）

氣多慾而孔子歎其道（集本無此字）猶龍之語著于（集本作於）耳目自漢以來學者未有以為非者豈止德裕之罪我治平元年八月八日書　右真蹟

唐李德裕平泉草木記　開成五年

已上三篇同一碑李衛公撰

跋本與別碑[illegible][illegible][illegible][illegible]

右平泉草木記李德裕撰余嘗讀鬼谷子書見其馳說諸侯之國必視其為人材性賢愚剛柔緩急而因其好惡喜懼憂樂而捭闔之陽開陰塞變化無窮顧天下諸侯無不在其術中者惟不見其所好者不可得而說也以此知君子宜慎其所好蓋泊然無欲而

禍福不能動其利害不能誘此鬼谷之術所不能爲者聖賢之高致也其次簡其所欲不溺於所好斯可矣若德裕者處富貴招權利而好奇貪得之心不已至或疲斃精神於草木斯其所以敗也其遺戒有云壞一草一木者非吾子孫此又近乎愚矣右集本

唐李文饒平泉山居詩開成五年

讀山居詩見文饒夢寐不忘於平泉而終不得少償其志者人事固多如此也余聞釋子有云出家是大丈夫事蓋勇決者人之所難也而文饒詩亦云自是功高臨盡處禍來名滅不由人者誠哉是言也熙寧

壬子正月二十九日書 右眞蹟

唐李德裕大孤山賦 會昌五年

賛皇文辭甚可愛也其所及禍或責其不能自免然古今聰明賢智之士不能免者多矣豈獨斯人也哉

右集本

唐大孤山賦 歲月未詳

右字畫頗佳而傷於柔媚世傳婢工小篆此豈其筆耶一作也 右見綿本拾遺

唐辨石鍾山記 大和元年

右辨石鍾山記并善權寺詩遊靈巖記附覽三子之

文皆有幽人之思蹟其風尙想見其人至於書畫亦皆可喜葢自唐以前賢傑之士莫不工於字書其殘篇斷槀爲世所寶傳於今者何可勝數彼其事業超然高爽不當留精於此小藝豈其習俗承流家爲常事抑學者猶有師法而後世媮薄漸趨苟簡久而遂至於廢絶歟今士大夫務以遠自高忽書爲不足學往往僅能執筆而間有以書自名者世亦不甚知爲貴也至於荒林敗塚時得埋没之餘皆前世碌碌無名子然其筆畫有法往往今人不及茲甚可歎也石鍾山記字畫在二者間頗爲劣而亦不爲俗態皆忘

憂之佳玩也右眞蹟

唐法華寺詩大和八年

右法華寺詩，唐越州刺史李紳撰，其後自序題云大和甲寅歲遊寺刻詩于壁。詳自序所言，似紳自書，然以端州題名較之，字體殊不類。甲寅，大和八年也。右集本

唐薛苹唱和詩大和中

右薛苹唱和詩，其間馮宿、馮定、李紳皆唐顯人，靈澈以詩名後世，皆人所想見者集本有有詩名六字，而宿尤然。詩皆不及苹，豈唱者得於自然，和者牽於強作耶？右眞蹟

唐僧靈澈詩元和四年

右靈澈詩云相逢盡道休官去林下何曾見一人世俗相傳以爲俚諺慶曆中天章閣待制許元爲江淮發運使因修江岸得斯石於池陽江水中始知爲靈澈詩也澈以詩稱於唐故其與相唱和者皆當時知名之士包侍郎者佶也徐廣州者浩也代宗時爲嶺南節度使右集本

唐李藏用碑大和四年

右李藏用碑王源中撰唐玄度書玄度以書自名于一時其筆法柔弱非復前人之體而流俗妄稱借之

爾故存之以俟識者右眞蹟

唐玄度十體書歲月未詳

右唐玄度十體書前本得於蘇氏後本得於李丕緒少卿丕緒長安人名家子喜收碑文二家之本大體則同而文有得失故並存之覽者得以自擇焉右集本

唐鄭澣陰符經序開成二年

右陰符經序鄭澣撰柳公權書唐世碑碣顔柳二家書最多而筆法往往不同雖其意趣或出於臨時而模勒鐫刻亦有工拙集本無此十八字公權書高重碑余特

愛模者不失其真而鋒鋩皆在至〔集本於字〕有陰符經序則蔡君謨以爲柳書之最精者云善藏筆鋒與余之說正相反然君謨書擅當世其論必精故爲誌之治平元年二月六日書 右眞蹟

又

[illegible]

余自皇祐中得公權所書陰符經序遂求其經云石已亡矣常意必有藏于人間者求之十餘年莫可得治平三年有鐫工張景儒忽以此遺余家小吏遝錄之信乎余所謂物常聚於所好也 右眞蹟

唐山南西道驛路記 開成四年

公權書往往以模刻失其真雖然其體骨終在也右見綿本拾遺

唐何進滔德政碑開成五年

右何進滔德政碑唐翰林學士承旨兼侍書柳公權撰并書進滔唐書有傳開成五年立其高數丈制度甚閎偉在今河北都轉運使公廨園中右集本

唐李聽神道碑開成五年柳公權書

右李聽神道碑李石撰聽父子爲唐名將其勳業昭彰故以碑考傳少所差異而史家當著其大節其纖時所歷官多不書於體宜然惟其自安州刺史遷神

武將軍史不宜略而不書者蓋闕也右集本

唐李石神道碑會昌三年

右李石碑柳公權書余家集録顔柳書尤多惟碑石不完者則其字尤佳非字之然也譬夫金玉埋没於泥滓時時發見其一二則粲然在目特爲可喜尔庶寧三年季夏既望書右真蹟

唐高重碑會昌四年

右高重碑元裕撰柳公權書唐世碑刻顔柳二公書尤多而字體筆畫往往不同雖其意趣或出於臨時而亦繫於模勒之工拙然其大法則常在也此碑字

畫鋒力俱完故特爲佳矧其墨蹟想宜如何也治平元年正月廿五日書右眞蹟

唐康約言碑大中七年

右康約言碑柳公權撰并書約言宦者爲河東監軍唐自開元以後職官益濫始有置使之名歷五代迄今多因而不廢世徒知今之使額非古官襲唐舊號而不知皆唐宦者之職集本有也字約言在大和開成間嘗爲鴻臚禮賓使又爲內外客省使以此見今之使名自樞密宣徽而下皆唐宦官職也又以見鴻臚卿寺亦以宦者爲使於其間約言又爲宣徽北院副使

又見當時南北院宣徽皆有副使也治平甲辰秋社前一日書右真蹟

唐復東林寺碑大中十一年

右唐湖州觀察使崔黯撰柳公權書東林寺會昌中廢之大中初黯爲江州刺史而復之黯之文辭甚遒麗可愛而世罕有之右集本

唐王質神道碑開成四年

右王質神道碑唐太子賓客劉禹錫撰并書質字華卿王通之後也開成中爲宣歙池等州觀察使右集本

唐會昌投龍文會昌五年

右會昌投龍文余修唐本紀至武宗以謂奮然除去浮圖銳矣而躬受道家之籙服藥以求長年以此知其非明智之不惑者特其好惡有所不同尔及得會昌投龍文見其自稱承道繼玄昭明三光弟子南嶽炎上真人則又益以前言爲不繆矣蓋其所自稱號者與夫所謂菩薩戒弟子者亦何以異余嘗謂佛言無生老言不死二者同出於貪信矣會昌之政臨事明果有足過人者至其心有所貪則其所爲與庸夫何異治平元年五月五日書　右真蹟

唐俞珣書陳果仁告身并捨宅造寺疏　大中

八年

右陳果仁告身并妻軫静緣捨宅造寺跡附跡後題云明政二年按隋書煬帝本紀大業十一年十月東海賊帥李子通擁衆渡淮僭稱楚王建元明政則明政二年乃大業十二年也唐高祖實録武德二年四月隋禦衛將軍陳稜以江都降即以稜爲總管九月李子通敗稜陷江都國號吴建元明政則明政二年是武德三年矣二説不同如此吕夏卿爲余言若以大業十二年爲子通僭號之二年則江都方亂煬帝安得南幸而唐實録陳稜事可據則明政二年當爲

武德三年也隋書繆矣果仁終始事迹不顯略見於隋書云唐初爲隋太僕丞元祐將煬帝已遇弒沈法興果仁共殺祐起兵據江表法興自稱總管大司馬録尚書事承制置百官以果仁爲司徒其事止見此爾開元中僧德宣爲果仁記捨宅造寺載其世家頗詳而其功閥官爵歲月多繆德宣言中毒以死而宅跡言見屠戮當以宅跡爲是德宣文辭不足録獨採其世次事蹟終始著之俾覽者覈其真僞而少益於廣聞煬帝本紀高祖實録皆唐初人所撰而不同如此何哉右集本

唐圭峯禪師碑大中九年

右圭峯禪師碑唐相裴休撰并書其文辭事迹無足採而其字法世所重也故録之云右集本

唐濠州勸民栽桑勑碑大中十年

余得劉莒修兖州文宣王廟碑見大中時中書門下牒又得此碑見大中時勑乃知平章事非署勑之官今世止見中書門下牒便呼爲勑惟告身之制僅存焉右集本

唐閿鄉新社記歲月見本文

右閿鄉新社記唐濮陽宁撰其辭云大中十年夏六

月關西公命遷社于州坤域作凡築四壇壇社稷其廣倍丈有五尺其高倍尺有五寸主以石壇風師廣丈有五尺高尺有五寸壇雨師廣丈而高尺云文字古雅甚可愛嗚呼唐之禮樂盛矣其遺文有足采焉州縣社稷有主見于此記蓋大中時其禮猶在也按唐書楊發自蘇州刺史爲福建觀察使至大中十二年遷嶺南節度以歲月推之關西公者楊發也右集本

又

唐時州縣社稷有主獨此碑見之開元定禮至大中時猶僅存也禮樂廢壞久矣故録此記以著之右真蹟

唐令狐楚登白樓賦咸通二年

右登白樓賦令狐楚撰白樓在河中至楚子綯爲河中節度使乃刻於石綯父子爲唐顯人仍世宰相而楚尤以文章見稱世傳綯爲文喜以語簡爲工常飯僧僧判齋綯於佛前跪爐諦聽而僧倡言曰令狐綯設齋佛知蓋以此譏其好簡楚之此賦文無他意而至千有六百餘言何其繁也其父子之性相反如此信乎堯朱之善惡異也　右集本

唐百巖大師懷暉碑歲月未詳

右百巖大師懷暉碑權德輿撰文鄭餘慶書歸登篆

額又有別碑令狐楚撰文鄭絪書懷暉者吾不知爲何人而彼五君者皆唐世名臣其喜爲之傳道如此欲使愚庸之人不信不惑其可得乎民之無知惟上所好惡是從是以君子之所慎者在乎所學楚之文曰大師泥洹泥洹荼毗之六年余以門下侍郎平章事攝太尉泥洹荼毗是何等語宰相坐廟堂之上而口爲斯言集本有邪字皐夔稷契居堯舜之朝其語言尚書載之矣異乎此也治平元年七月十三日雨中書右眞蹟

唐孔府君神道碑咸通十二年

右孔岑父碑鄭絪撰柳知微書其碑云有子五人載

戣戡戢戳按新唐書宰相世系表岑父六子戳之下又有威表據孔氏譜譜其家所藏碑文鄭絪撰絪自言與孔氏有世舊作碑文時戣等尚在然則譜與碑文皆不應有失而不同者何也余所集録與史傳不同者多其功過難以碑碣爲正者銘誌所稱有襃有諱疑其不實至於世繫子孫官封名字無情增損故每據碑以正史惟岑父碑文及其家譜二者皆爲可據故並存之以俟來者治平元年三月廿二日侍上御崇政殿決繫囚退遂家居謝客因書右真蹟

唐白敏中碑咸通三年

右白敏中碑畢誠撰其事與唐書列傳多同而傳載敏中由李德裕薦進以獲用及德裕貶抵之甚力以此爲甚惡而碑云會昌中德裕起刑獄陷五宰相竄之嶺外公承是之後一年寃者皆復其位以此爲能其爲毁譽難信蓋如此故余於碑誌惟取其世次官壽鄉里爲正至於功過善惡未嘗爲據者以此也碑又言桑道茂事云桑道蓁不知孰是治平元年七月二十日右眞蹟

唐于僧翰尊勝經咸通五年

右尊勝經于僧翰書僧翰筆畫雖遒勁然失分隸之

法遠矣所以録者亦自成一家而爲流俗所貴故聊著（集本作述）之庶知博采之不遺爾（右真蹟）

唐張將軍新廟記（龍紀元年）

右張將軍新廟記李巨川撰唐彦謙書張魯事史傳詳矣巨川文辭匪工所録者彦謙書爾彦謙書頗知名於世故畧存其筆蹟也（右集本）

唐王重榮德政碑（中和四年同是唐彦謙書附此）

右王重榮德政碑歸仁澤撰唐彦謙書重榮當唐之末再逐其帥遂據河中雖破黄巢平朱玫之叛有功於一時而阻兵召亂爲唐患者多矣碑文辭非工而

事實無可采所以録者俾世知求名莫如自修善譽不能掩惡也考重榮之碑豈不欲垂美名於千載而其惡終暴於僬𢪸後世者毀譽善惡不可誣故也彥謙以詩知名而詩鄙俚字畫不甚工皆非余所取也治平元年清明前一日書（右眞蹟）

唐磻（集本石作盤）溪廟記（咸通二年）

右磻溪廟記張翔撰高駢書駢爲將嘗立戰功威惠著於蠻蜀筆研固非其所事然書雖非工字亦不俗蓋其明爽豪儁終異庸人至其惑妖人吕用之諸葛殷等信其左道以冀長年乃騎木鶴而習淩虚僊去

之勢此至愚下品皆知爲可笑而駢爲之惟恐不至者何哉蓋其貪心已動（集本作薫）於内故邪說可誘於外内貪外誘則其何所（集本增有而二字）不爲哉（右眞蹟）

唐梁公儒碑（天祐中）

右梁公儒碑于廣撰王説書公儒者世爲成德軍將公儒當王鎔時爲冀州刺史以卒其碑首題云唐故成德軍内中門樞密使特進檢校太保使持節冀州諸軍事冀州刺史團練守捉等使軍器作坊使其餘所領事職甚多皆當時方鎮常事不足書惟樞密使唐之末年内官之職其後方鎮遂亦僣置於此見之

軍器作坊五代之際號內諸司使皆朝廷官然不見其始置集本有之字時而今見於此豈方鎮之職朝廷因而用之耶將方鎮之盛亦僭置也公儒事迹無所取特以此録之治平元年五月十八日書 右真蹟

唐花林宴別記 歲月未詳

右花林宴別記唐竇常撰花林寺在滁州全椒縣余在滁陽遣推官陳誂以事至縣見寺旁石澗岸土崩出石崖隱隱有字亟命模得之 右集本

唐陽武復縣記 貞元十九年

唐衢文世罕傳者余家集録千卷唐賢之文十居七

八而衢文秖獲此尒然其氣格不俗亦足佳也右真蹟

唐崔敬嗣碑景龍二年

右唐崔敬嗣碑胡皓撰郭謙光書崔氏爲唐名族而敬嗣不顯皓爲昭文館學士然亦無聞三字集本作觀其事實文辭皆不足多采而余録之者以謙光書也其字畫筆法不減韓蔡李史四家而名獨不著此余屢以爲歎也治平元年七月三十日右真蹟

唐潤州陁羅尼經幢歲月未詳

右陁羅尼經幢今在潤州寶墨亭中唐雲陽野夫王奐之書字畫頗爲世俗所重故録之以備廣採右集本

唐夔州都督府記 會昌五年

余嘗謂唐世人人工書故其名堙没者不可勝數每與君謨嘆息于斯也如貝靈該繆師愈今人尚不知其姓名况其書乎余以集録之博僅各得其一爾 右見綿本拾遺

唐鄭權碑 寶曆二年

右姚向書筆力精勁雖唐人工於書者多而及此者亦少惜其不傳於世而今人莫有知者惟余以集録之博得此而已熙寧辛亥孟夏清心堂書 右見綿本拾遺

唐王藥詩 沈傳師李德裕唱和 歲月未詳 見綿本拾遺

惠泉在今荆門軍余貶夷陵道荆門裴回泉上得二子之詩佳其詞翰遂録之逮今蓋三十年矣嘉祐八年十一月二十日書

唐人書楊公史傳記 歲月未詳

右楊公史傳記文字訛缺原作者之意所以刻之金石者欲爲公不朽計也碑無年月不知何時然其字畫之法廼唐人所書爾今纔幾時而磨滅若此然則金石果能傳不朽邪楊公之所以不朽者八字集本作楊公者震也其所不朽者果待金石之傳邪凡物有形必有終弊自古聖賢之傳也非皆託於物固能無窮也廼知爲善

之堅堅於金石也集本無也字嘉祐八年十一月廿日書

右眞蹟

唐放生池碑天寶十年

右放生池碑不著書撰人名氏放生池唐世處處有之王者仁澤及於草木昆蟲使一物必遂其生而不爲私惠也惟天地生萬物所以資於人集本有也字然代天而治物者常爲之節使其足用而取之不過故集本作萬物得遂其生而不夭三代之政如斯而已易大傳曰庖犧氏之王也能通神明之德以類萬物之情作結繩而爲網罟以佃以漁蓋言其始教民取物資生

而為萬世之利此所以為聖人也浮圖氏之說乃謂殺物者有罪而放生者得福苟如其言則庖犧氏遂為集本有人間之聖人五字地下之罪人矣治平元年八月十日書右眞蹟

集古錄跋尾卷第九

絳守居園池記元第八十

張九齡碑上元分作下卷

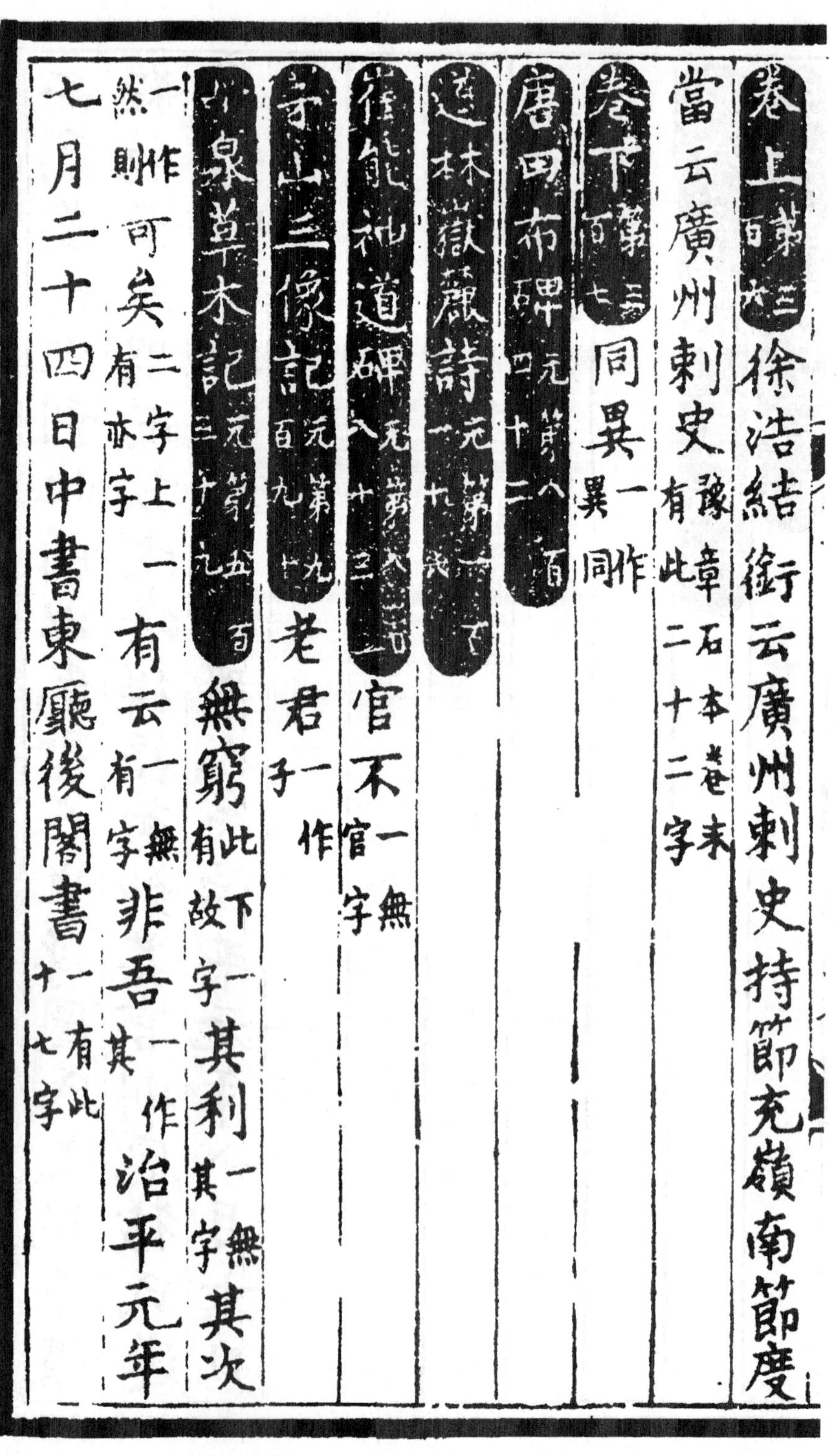
卷上[第三百六]徐浩結銜云廣州刺史持節充嶺南節度當云廣州刺史[豫章石本卷末有此二十二字]

卷下[第三百七]同異[一作異同]

唐田布碑[元第八百四十二]

道林嶽麓詩[元第六百一十九下]

崔能神道碑[元第八百二十三]官不[一無官字]

壽山三像記[元第九百九十]老君[一作子]

平泉草木記[元第五百三十九]無窮[此下一有故字]其利[一無其字]其次[一作然]則可矣[二字上一有亦字]有云[一有字]非吾[一作其]治平元年七月二十四日中書東廳後閣書[一有此十七字]

又別本

右平泉山居草木記李德裕撰余嘗讀鬼谷子書見其馳説諸侯之國常視其人賢愚材性剛柔緩急而因其好惡喜懼憂樂而捭闔之陽開陰閉變化無窮顛天下諸侯無不在其術中者惟不見其所好者不可得而説也以此知君子宜慎其所好泊然無欲而禍福不能動利害不能誘此鬼谷之術所不能爲者也是聖賢之所難也

平泉山居詩元附五百三十九

大孤山賦元第二百一十九

辨石鍾山記元第三百二 見其此下一有爲字以遠此下一有業字前世一作當世治平元年二月六日書一有此九字

法華寺詩元第一百七

辭華唱和詩元第三百一十四 其間一無此二字名後世一無後字和者二字上一有而字

靈徹詩元第一百八 相唱和者四字一作遊郎者一無者字州者一無者字代宗二字上一有浩字

李藏用碑元第三百七十

啓玄度十體書元第四百二十四 文有一作互有嘉祐癸卯七月二十五書一有此十一字

陰符經序元第二百九十九

山南西道驛路記元第二百二十七

何進滔德政碑元第二十二至二十七

李聽神道碑元第七百一十七

治平元年七月三十日書 有一

此十字

李石神道碑元第四百一十三

高重碑元第二百十九

陳約言碑元第八百二十五

復東林寺碑元第三十八

王質神道碑元無卷第

會昌投龍文 元第六百五十七

陳果仁吉身并捨宅造寺跡 元第六百五十八

子通為一作乃終始一無此二字沈法興此下一有與字嘉祐八年歲在癸卯八月十一日書一有此十四字

圭峯禪師碑 元第六百五十九

濠州勸民栽桑敕碑 元第六百七十二

又別本一作勸農碑

皇祐元年春余自揚移穎舟過濠梁得此碑於今樞密使張公昇唐之制敕之文今不復見蓋官失其職久矣此大中時敕也尚可見其遺制焉

閱遷新社記 元第五十五

登白樓賦 元第九百四十三 好簡 此下一有也字 治平元年八月八

日祈晴于太社晨歸遂書 一有此十七字

百巖大師碑 元第九百二十八

孔府君神道碑 元第四百六十三 世繫 一作系

白敵中碑 元第六百六十六 鷹進 一作薦進 十日 此下一有書字

于僧翰學勝經 元第三百十三

張將軍新廟記 元第一百五十四 書頗知名 書一作詩

王重榮碑 元第四百十六

礌溪廟記 元第九百三十五 唆虛 一作雲 治平元年中秋日書

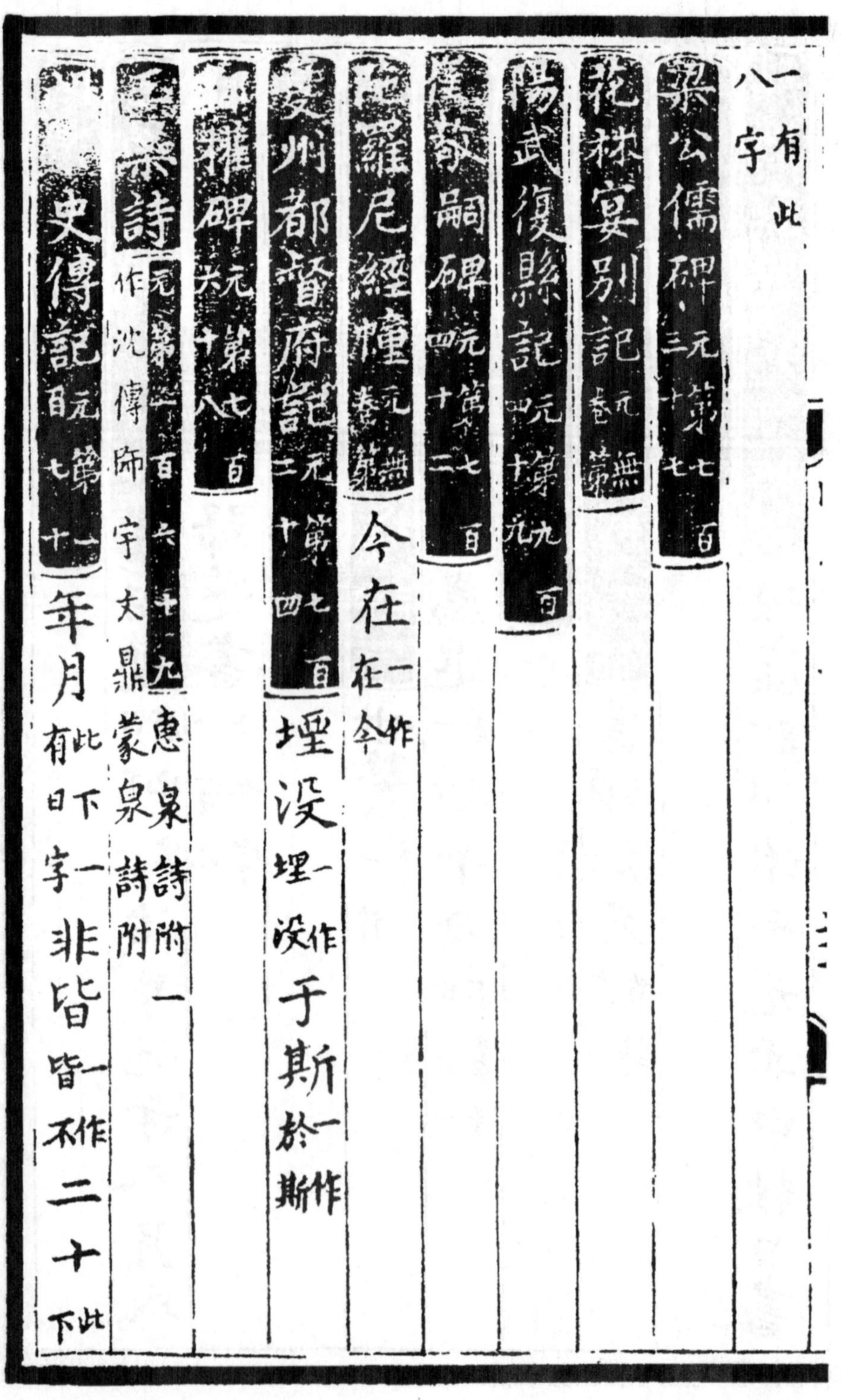
一有此八字

梁公儒碑元第七百三十七

花林宴別記元無卷第

陽武復縣記元第九百四十九

[illegible]敬嗣碑元第七百四十二

[illegible]羅尼經幢元無卷第今在一作在今

[illegible]州都督府記元第七百二十四堙沒一作埋沒于斯一作於斯

[illegible]羅碑元第七百六十八

[illegible]詩元第七百六十九惠泉詩附一作沈傳師宇夫鼎蒙泉詩附

[illegible]史傳記元第一百七十年月此下一有日字非皆一作皆不二十此下

一有八字

放生池碑元第記百五

能通一作以通

瘞鶴銘　歲月未詳

瘞鶴銘與黃庭遺教經相傳皆晉而公疑爲唐人所書故附此

右瘞鶴銘題云華陽眞逸撰，刻於焦山之足，常爲江水所没，好事者伺水落時模而傳之，往往秖得其數字，云鶴壽不知其幾而已。世以其難得，尤以爲奇，惟余所得六百餘字，獨爲多也。按潤州圖經以爲王羲之書，字亦奇特，然不類羲之筆法而類顔魯公，不知何人書也。華陽眞逸是顧況道號，今不敢遂以爲況者，碑無年月，不知何時，疑前後有人同斯號者也。右集本

又

右在焦山之足常爲江水所没好事者伺水落時模而傳之往往秪得其數字云鶴壽不知其幾而止世以其難得尤以爲奇惟余所得獨若此之多也潤州圖經以爲王羲之書字亦奇放然不類羲之筆法而類顔魯公不知何人書也或云華陽眞逸是顧况道號銘其所作也 右眞蹟

黄庭經永和十二年

右黄庭經一篇晉永和中刻石世傳王羲之書書雖可喜而筆法非羲之所爲黄庭經者魏晉時道士養

生之書也今道藏別有三十六章者名曰內景而謂此一篇爲外景又分爲上中下三部者皆非也蓋內景者乃此一篇之義疏尒流俗又有一篇名曰中景者尤爲繁雜鄙俚之所傳也余嘗患世人不識其眞多以內景三十六章爲本經因取永和刻石一篇爲之注解余非學異説者哀世人之惑於繆妄尒右眞蹟

又

今道藏別有三十六章曰黃庭內景而謂此一篇者爲外景又有分爲上中下三部者流俗所行又別有中景者皆非也所謂內景者乃此經之義疏尒中景

一篇尤爲繁雜蓋妄人之所作也此本晉永和中刻石文字時亦脱繆然比今世俗所傳頗爲精也（右見綿本拾遺）

又

右黄庭别本（一作刻）續得之京師書肆不知此石刻在何處其字畫頗類顔魯公甚可愛而不完更俟求訪以足■治平丁未閏月三日書（右見綿本拾遺）

又

右黄庭經二篇皆不著書人姓名余初得後本已愛其字不俗遂録之既而又得前本於殿中丞裴造

好古君子也自言家藏此本數世矣與其藏于家不若附見余之集録可以傳之不朽也余因以舊本較其優劣而並存之使覽者得以自擇焉世傳王羲之嘗寫黄庭經此豈其遺法歟右集本

遺教經

右遺教經相傳云羲之書僞也蓋唐世寫經手所書集本有尒字唐時佛書今在者大抵書體皆類此第其精麤不同尒近有得唐人所書經題其一云薛稷一云僧行敦書者皆與二人他所書不類而與此頗同即知寫經手所書也然其字亦可愛故録之蓋今士大

夫筆畫能髣髴乎此者鮮矣右眞蹟

小字道德經開元二十七年

右小字八分道德經不著書人名氏亦不知其所自來或云在明州其石今亡矣問今藏書之家皆云未嘗見也其字畫精妙見者多疑爲明皇書而知非者以其集本有但題御注而不云御書也右眞蹟首字

唐人臨帖

右唐人所臨諸家法帖一卷其前數帖類眞卿所書蓋其筆畫精勁他人未易臻此按唐書言褚無量嘗請以當時所藏奇書名畫命宰相以下跋尾而玄宗

不許此乃有宋璟等列名于後又頗多訛繆豈後人妄增加之也然要爲可訝何必窮較其眞僞今流俗所傳鍾王遺迹多不同然時時各有所得故雖小小轉寫失眞不害爲佳物由是悉取前後所得諸家法帖分入集録蓋以資博覽云　右集本

小字法帖

此下皆跋法帖蓋模本也故類於唐人臨帖之後

右小字法帖者近時有尚書郎潘師旦者以官法帖私自模刻于家爲別本以行於世余因分以爲類散入集録諸祑而程邈衛夫人鍾繇王廙宋儋皆以小字爲一類於此余嘗辨鍾繇賀捷表爲非真而此帖

字畫筆法皆不同傳模不能不失本體以此真僞尤爲難辨也治平元年七月三十日書右眞蹟

又

近時有尚書郎潘師旦者竊取官法帖中數十帖别自刻石以遺人而傳寫字多轉失然亦時有可佳者因又擇其可録者分爲十餘卷以入集目聊爲一時之翫尔其小字尤精故録於此右集本

十八家法帖

右世傳十八帖者實二十五帖蓋書者十八家爾而流俗又自集本無此字有羲之十八帖然皆出於官法帖

也太宗皇帝時嘗遣使者天下購募前賢真蹟集以爲法帖十卷鏤板而藏之每有大臣進登二府者則賜以一本其後不賜或傳板本在御書院往時禁中火災板被焚遂不復賜或云板今在但不賜爾故人間尤以官法帖爲難得此十八家者蓋官法帖之尤精者也余得自薛公期云是家藏舊本頗真今世人所有皆轉相傳模者也 右真蹟

雜法帖六

嚮於薛十三處得法帖一部闕其第一久而始獲

南朝諸帝筆法雖不同大率意思不遠眇然都不復

有豪氣但清婉若可佳耳

二

學書不必憊精疲神於筆硯多閲古人遺蹟求其用意所得宜多

二

羲獻世以書自名而筆法相去遠甚父子之間不同如此然皆有足喜也

四

吾有集古録■千卷晚又得此法帖歸老之計足矣寓心於此其樂可涯嘉祐壬寅大雪攝事致齋閑題

五

古今事異一時人語亦多不同傳模之際又多轉失時有難識處惟當以意求之爾嘉祐七年大饗明堂致齋于中書東閣偶題

六

老年病目不能讀書又艱於執筆惟此與集古録可以把玩而不欲屢閲者留爲歸穎銷日之樂也蓋物維不足然後其樂無窮使其力至於勞則有時而猒尓然内樂猶有待於外物則退之所謂着山林與着城郭何異宜爲有道者所笑也熈寧辛亥清心堂書

右見綿本別集二十三卷

懷州孔子廟記後魏太和中謨寘于此

右宣尼廟記文辭事實皆不足采其書亦非佳獨其字畫多異故特録之以備博覽右見綿本拾遺

景福遺文

余在夷陵時得之民家見當時縣有驅使官衙直典然云米一作來不者莫詳其語嘉祐七年五月二十六日右見綿本別集二十三卷

浮槎寺八紀詩

右浮槎寺八紀詩者自云鴈門釋僧皎字廣明作集本

此無字詩雖非工而所載事蹟皆圖經所無可以資博覽浮槎山在今廬州慎縣其上有泉其味與無錫惠山水相上下而鴻漸茶經及張又新等水記皆不載嘉祐中李留後端愿守廬州以其水遺余因爲之記其事余甚愛山泉而浮槎水特佳頗怪前世遺而不録及得僧皎紀浮槎八事亦無之乃知物之晦顯有時也治平元年七月三十日書右真蹟

福州永泰縣無名篆

右在福州永泰縣觀音院後山上世俗多傳以爲僊篆太常博士黄孝立閩人也嘗爲余言其山無名上

多頑石無復鐫刻之蹟，如人以手指畫泥而成文，文隨圓石之形環布之，如車輪循環，莫知其首尾。又言孝立嘗至廣州，見南蕃人以夷法事天，日夕焚香拜金書字，號爲天篆者，正類此。然不能曉也。今人亦有以道家之言譯之者，曰「勤道守三一，中有不死術」，亦莫知其是非也。右真蹟

又

右在福州永泰縣觀音院後山上。太常博士黄孝立，閩人也，爲余説曰：山無名而甚高峻，石皆頑，無復鐫刻之迹，如人以手指畫泥而成文，文隨圓石之形環

布之又曰孝立嘗至廣州見南蕃人以夷法事天日夕拜金書字圖號天篆者視其字與此篆正同然不能考也今世人亦有以道家之言譯之者曰勤道守三一中有不死術亦莫得而詳焉右集本

謝仙火

右謝仙火字在今岳州華容縣廢玉真宫柱上倒書而刻之不知何人書也傳云大中祥符中玉真宫爲天火所焚惟留一柱有此字好事者遂模于石慶曆中衡山女子號何僊姑者絶粒輕身人皆以爲僊也有以此字問之者輒曰謝僊者靁部中鬼也夫婦皆

長三尺其色如玉掌行火於世間後有聞其説者於
道藏中檢之云實有謝僊名字主行火而餘説則無
之由是益以僊姑爲真僊矣近見衡州奏云僊姑死
矣都無神異容有自衡來者云僊姑晚年羸瘦面皮
皺黑第一褒媪也嚮時蘇州有一丐者卧道中相傳
云是得僊者也自天聖中余已聞之後二十餘年尚
在其人姓沈舉世皆傳爲沈卧僊云卧而飲食不漏
州縣吏屢使人監守或潛伺察之皆實卧而不起亦
不漏遂相傳以爲神既而亦以病死雖素信惑其事
者爲之稱説者亦不云死時有異也斯二人者皆今

世人以爲僊者如此故并載之右集本

張龍公碑乾寧元年

右張龍公碑趙耕撰云君諱路斯潁上百社人也隋初明經登第景龍中爲宣城令夫人關州石氏生九子公罷令歸每夕出自戌至丑歸常體冷且濕石氏異而詢之公曰吾龍也蓼人鄭祥遠亦龍也騎白牛據吾池自謂鄭公池吾屢與戰未勝明日取決可令吾子挾弓矢射之繫鬣以青綃者鄭也絳綃者吾也子遂射中青綃鄭怒東北去投合肥西山死今龍穴山是也由是公與九子俱復爲龍亦可謂怪矣余嘗

以事至百社村過其祠下見其林樹隂蔚池水窈然誠異物之所託歲時禱雨屢獲其應汝隂人尤以爲神也右集本

又

龍公之事怪哉余嘗以事至百社村過其祠下見其林樹隂蔚池水窈然誠異物之所託歲時禱雨屢獲其應汝隂人尤以爲神也右眞蹟

周伯著碑

右周伯著碑着在今宿州出於近歲蓋官部春夫開汴渠於泥沙中掘得之其文字古怪而磨滅無首尾

了不可讀伯著不知爲何人其僅可見者云渤海君玄孫季景長子也其事蹟不可考文辭莫曉而字畫不工徒以其古怪而録之此誠好古之弊也治平元年七月三十日書 右真蹟

衛秀書梁思楚碑 上元元年

秀筆工之善模者也其自謂集書信矣無足多取也書譬君子皆學乎聖人而其所施爲未必同也 右集本

裴夫人誌 天寶四年

右裴夫人誌辭翰瀟洒固多清思惜乎不見其名氏石在長安之萬年矮槐文亦佳在亳州法相寺二者

皆後得故續附于此熈寧二年六月二十有八日青州山齋書右見綿本拾遺

五代時人署字

右五代時帝王將相等署字合一卷前人遺蹟往往因人家告身莊宅券契故後世傳之猶在此署字乃北京人家好事者類而模傳之爾右集本

楊凝式題名李西臺詩附

右楊凝式題名并李西臺詩附自唐亡道喪四海困於兵戈及聖宋興天下復歸于治蓋百有五十餘年而五代之際有楊少師建隆以已作集本後稱李西臺二

人者筆法不同而書名皆爲一時之絶故並録于此

右眞蹟

徐鉉雙溪院記

右雙溪院記徐鉉書鉉與其弟鍇皆能八分小篆而筆法頗少力其在江南皆以文翰知名號二徐爲學者所宗蓋五代干戈之亂儒學道喪而二君能自奮然爲當時名臣而中國既苦於兵四方僭僞割裂皆褊迫擾攘不暇獨江南粗有文物而二君者優遊其間及宋興違命侯來朝二徐得爲王臣中朝人士皆傾慕其風采蓋亦有以過人者故特録其書爾若小

篆則與鉉同時有王文秉者其筆甚精勁然其人無足稱二字集本作所聞也治平元年上元日書右真蹟

王文秉小篆千字文紫陽石磬銘附

右小篆千字文者江南人王文秉書其後題云大唐唐申歲者建隆元年也僞庚李煜自周師取淮南畫江爲界以稱臣遂削去年號奉周正朔然世宗特許其稱帝故文秉猶稱唐而不書年號直云庚申歲也文秉在江南篆書遠過徐鉉而鉉以文學名重當時文秉人罕知者學者皆云鉉筆雖未工而有字學一點一畫皆有法也文秉所書獨余集録屢得之此本

得於太學楊南仲紫陽石磬銘者張獻撰亦文秉書也右集本

王文秉紫陽石磬銘

右紫陽石磬銘余獨録於此而不附他書者文秉之書罕見於今也小篆自李陽冰後未見工者文秉江南人其字畫之精遠過徐鉉而中朝之士不知文秉但稱徐常侍者鉉以文章有重名於當時故也歲在辛酉晉天福六年李昪之昪元五年也五代干戈之際士之藝有至於斯者太平之世學者可不勉哉右見綿本拾遺

郭忠恕小字說文字源

右小字說文字源，郭忠恕書。忠恕者（集本有五代漢周之除爲湘陰公從事十二字），及事皇朝，其事見實録，頗奇怪。世人但知小篆，而不知其楷法尤精，然其楷字亦不見刻石者，蓋惟有此耳，故尤可惜也。五代干戈之際，學校廢，是謂（集本作爲）君子道消之時，然猶有如忠恕者。國家爲國百年，天下無事，儒學盛矣，獨於字書忽廢，幾於中絶。今求如忠恕小楷，不可得也，故余每與君謨歎息於此也。石在徐州（集本無此四字）。嘉祐八年十二月廿日書。（右眞蹟）

郭忠恕書陰符經

右陰符經郭忠恕書篆法自唐李陽冰後未有臻於斯者近時頗有學者曾未得其髣髴也實録言忠恕死時甚怪豈亦異人乎其楷書尤精也嘉祐六年九月十五日宴後歇泊假開覽因題　右真蹟

太清石（集本作西）闕題名

余自至亳始得悉閱太清之碑其佳者皆（集本作悉）已入余集古録矣乃知余之集録所得多矣惟兩石闕題名（集本無二字）未有今（集本無此字）續録于此熙寧元年二月十九日書　右真蹟

太清東闕題名

熙寧元年二月十八日余率僚屬謁太清諸殿裴回兩闕之下周視八檜之異窺九井禹步之奇酌其水以烹茶而歸十九日書右見綿本拾遺

賽陽山文太和九年誤寘于此

右跋尾者六人皆知名士也時余在翰林以孟饗致齋唐書局中六人者相與飲弈歡然終日而去蓋一時之盛集也明年夏鄭幾聖俞卒又九年而原甫長文卒自嘉祐己亥至今熙寧辛亥一紀之間亡者四存者三而擇之遭酷吏以罪廢景仁亦以言事得罪獨余頑然蒙上保全貪冒寵榮不知休止然筋骸憊

矣尚此勉強而交遊零落無復情悰其盛衰之際可以悲夫是時同修書者七人今亡者五宋子京王景彝呂縉叔劉仲更與聖俞也存者二余與次道尔次道去年爲知制誥亦以封還李定詞頭奪職因感夫存亡今昔之可歎者遂并書之熙寧四年三月十五日病告中書右見綿本拾遺

集古録跋尾卷第十

瘞鶴銘 元第八十八

奇特一作放

黃庭經（元第一百四十一）

又（元題作續跋）

又 三日（一作三十日）

又 姓名（一作名氏）已愛其字（一作愛其字書）此本（一無此二字）余因（一無余字）較其（一無其字）擇焉（一作之）庭經（一無經字）治平元年十月十三日致齋東閣書（一有此十四字）

道教經（元第一百六十三）

可愛（二字上一有自字）

小字道德經（元第九百二十二至九百二十五）

唐人臨帖（元第七百八十八）

真卿（二字上一有顏字）乃有（一作安得）然時（三字一作然時）博覽去（此下一有此本得於李玉緒少卿治平元年冬至日書十七字）

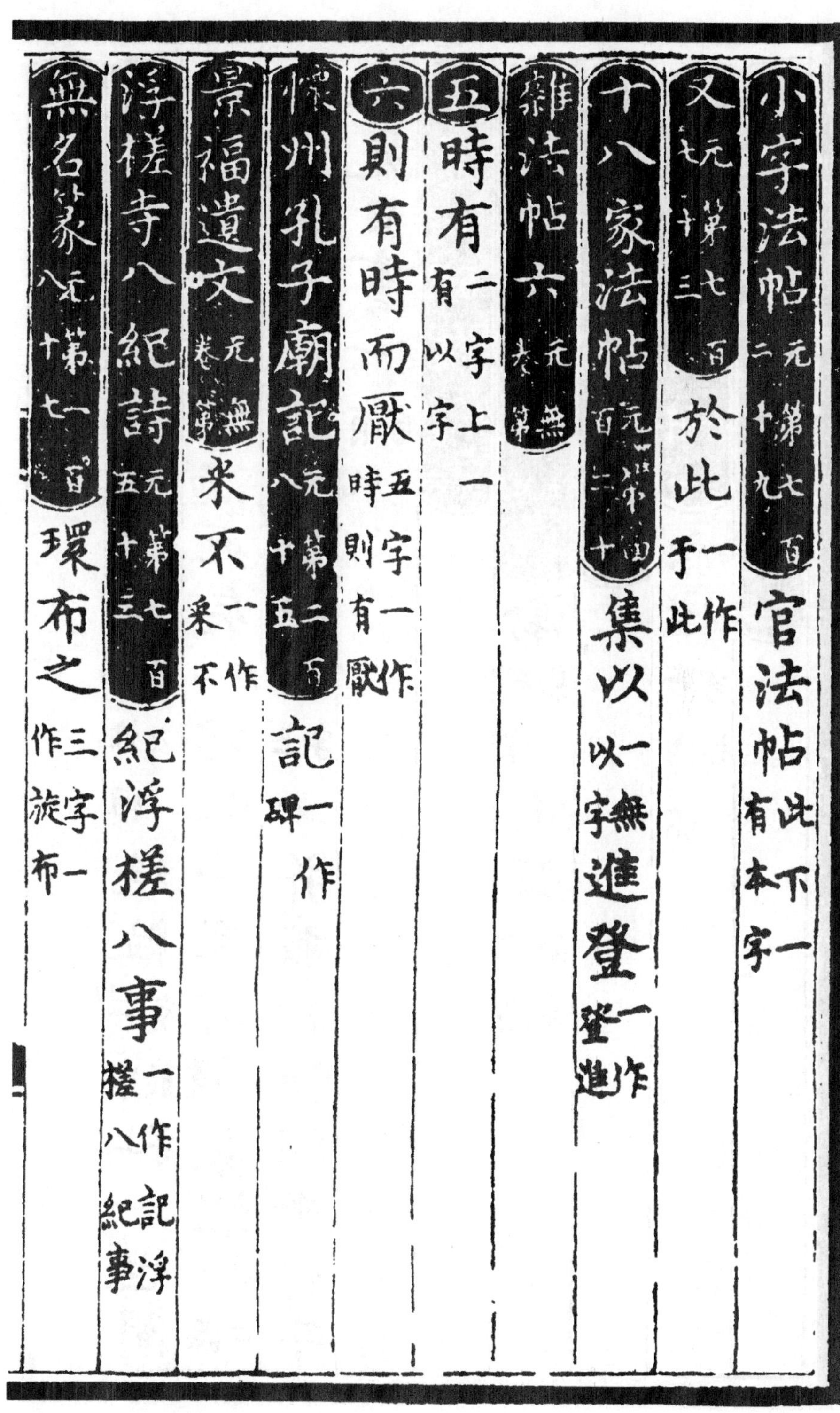

小字法帖（元第七百二十九）官法帖（此下一有本字）

又（元第七百七十三）於此（一作于此）

十八家法帖（元第四百二十）集以（一無以字）進登（一作登進）

雜法帖六（元無卷第）

五時有（二字上一有以字）

六則有時而厭（五字一作時則有厭）

懷州孔子廟記（元第二百八十五）記（一作碑）

景福遺文（元無卷第）来不（一作采不）

浮槎寺八紀詩（元第七百五十三）紀浮槎八事（一作記浮槎八紀事）

無名篆（元第七百八十七）環布之（三字一作旋布）

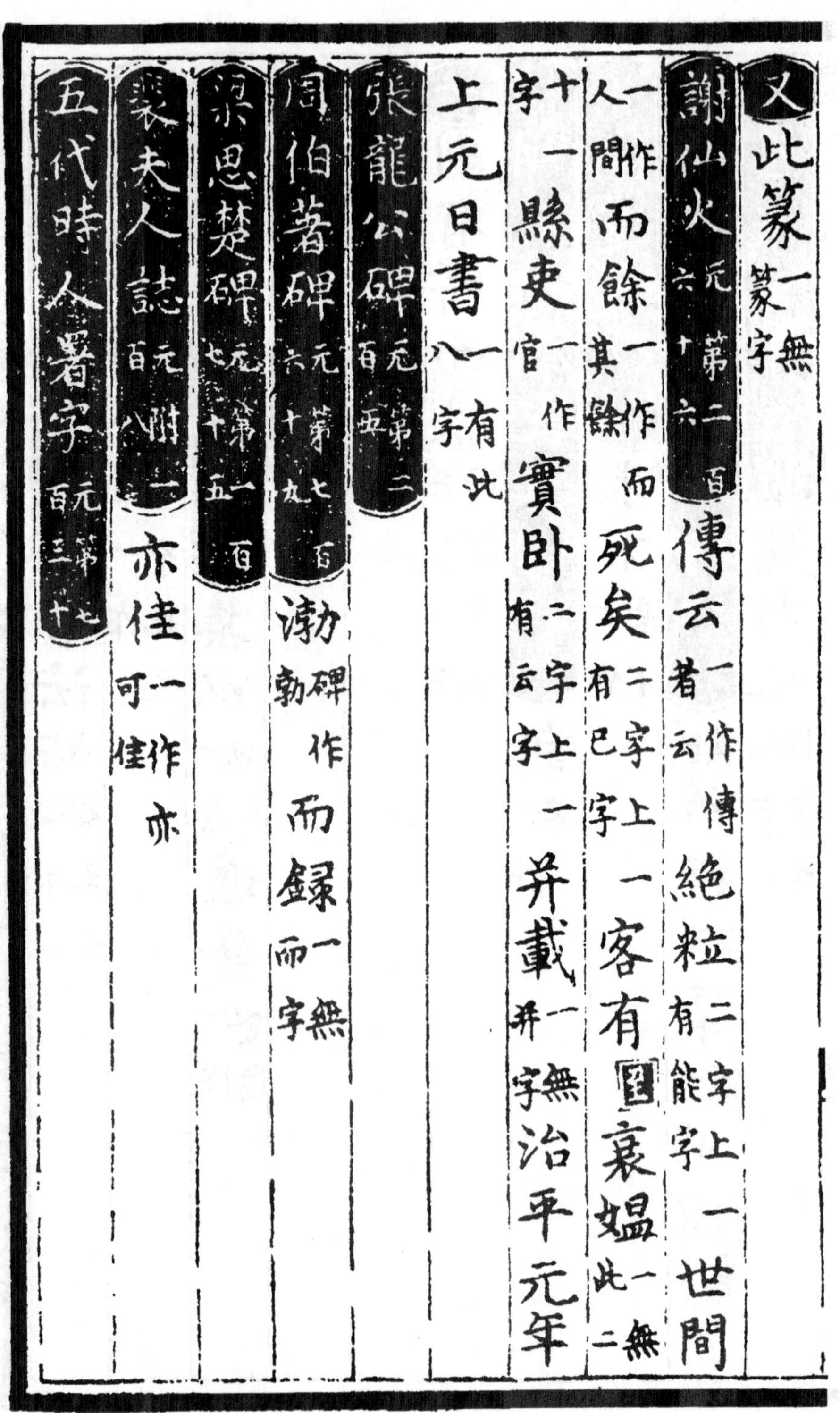

又此篆（一無篆字）

謝仙火（元第二百六十六）傳云（一作傳者云）絶粒（二字上一有能字）世間（一作人間）而餘（一作而其餘）死矣（二字上一有已字）客有圖衰媪（一無此二十一字）縣吏（一作官）實卧（二字上一有云字）并載（一無并字）治平元年

上元日書（一有此八字）

張龍公碑（元第二百五）

周伯著碑（元第七百六十九）渤（碑作勃）而録（一無而字）

梁思楚碑（元第一百七十五）

裴夫人誌（元附一百八）亦佳（一作亦可佳）

五代時人署字（元第七百三十）

陽冰式題名元第八百一十四

雙溪院記元第二百六十九皆能一無皆字及宋一無及字其筆一無其字

小篆千字文元第五百六十六紫陽□書也十三字一無此治平元

年四月九日書一有此九字

紫陽石磬銘元第五百二十六

小字說文字源元第一百八十四但知此下一有其字

郭忠恕書陰符經元第五百六十八

太清西闕題名元第五百二十三

太清東闕題名元第五百二十二

賓陽山文元第五百四十二得罪此下一有致仕二字

翰林學士吴奎知制誥劉敞祠部郎中集賢校理江休復工部員外郎直集賢院祖無擇屯田員外郎編修唐書梅堯臣嘉祐四年四月六日於編修院同觀范鎮景仁後至後見眞蹟題此六人官職姓名

集古碑千卷每卷碑在前跋在後銜幅用公名印其外標以緗紙束以縹帶題其籤曰某碑卷第幾皆公親蹟至今猶有存者按公嘗自云四百餘篇有跋今世所傳本是也其間如唐鄭權碑乃熙寧辛亥歲跋又至明年正月方跋鄧艾碑李德裕山

居詩四月題前漢鴈足鐙銘後數月而公薨殆集
録之絶筆也方崧卿裒聚真蹟刻板廬陵得二百
四十餘篇以校集本頗有異同疑真蹟一時所書
集本後或改定今於逐篇各注何本若異同不多
則以真蹟爲主而以集本所改注其下或繁簡遼
絶則兩存之謂如後漢樊常侍碑真蹟作永壽四
年四月而集本改作二月訪得古碑二月爲是至
於以始元爲漢宣帝年號又稱後周大統十六年
唐大足二年之類乃公一時筆誤不敢有所更改
集古跋既刻成方得公子叔弼目録二十卷具列

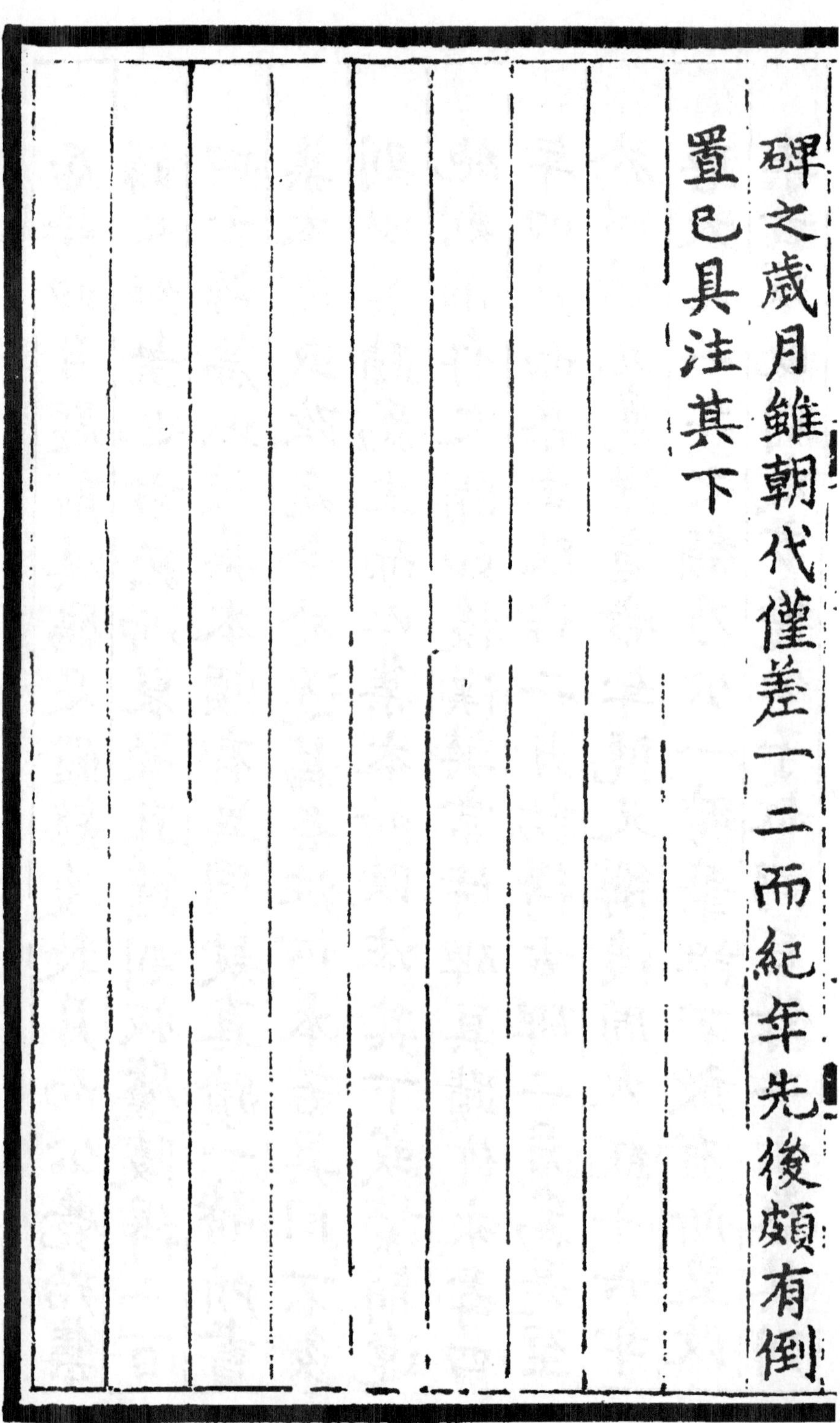

碑之歲月雖朝代僅差一二而紀年先後頗有倒
置已具注其下

書簡卷第一　　歐陽文忠公集一百四十四

與韓忠獻王 稚圭　慶曆二年

脩頓首再拜啓仲秋漸涼伏惟觀察太尉尊候動上萬福脩至愚極陋不足以獻思慮於聰明至於脩記以問起居則當大君子憂國之時又非宜輒一作干以視聽是以書牘之禮曠絶一作而逾年然而千里之外威譽之聲日至京師如在耳目可以見作鎮方面懾動羌戎撫循之間優有餘裕此脩不勝西首企望拳拳之誠私自爲慰者也伏念脩材薄力弱不堪世用徒能少一無此字以文字之樂爲事而國家久安於無爲

儒學之士莫知形容幸令剪除叛羌開拓西域紀功耀德茲也爲時惟俟凱歌東來函馘獻廟執筆吮墨作爲詩頌以述大賢之功業以揚聖宋之威靈雖曰懦焉亦區區之鄙志也謹奉手啓咨問伏惟俯賜鑒察謹啓八月日太子中允集賢校理歐陽脩啓上

又 慶曆五年

某頓首啓冬序極寒不審資政諫議尊候動止何若昨者偶趨府下過煩主禮自到郡踰月尚稽候問豈勝愧悚某孤拙多累蒙朝廷保全之恩得此郡地僻事簡飲食之物奉親頗便終日尸禄未知論報之方

用此不皇爾瞻望盛府數程之近時得通訊下執謹
因請絹人行附此以道萬一新歲甫邇伏乞爲國自
重下情禱詠之至

又同前

某頓首啓近因州吏詣府請絹曾拜狀急足至特辱
手書爲誨伏審履此凝寒台候萬福豈勝慰抃之誠
某此藏拙幸今歲淮甸大雪來春二麥有望若人不
爲盜而郡素無事何幸如之惟尸禄端居未能報國
此爲愧爾瞻望旌棨惟願爲國自重以副禱頌

又慶曆六年

某再拜啓山州窮絶比乏水泉昨夏秋之初偶得一泉於州城之西南豐山之谷中水味甘冷因愛其山勢回抱構小亭於泉側又理其傍爲教場時集州兵弓手閲其習射以警饑年之盜間亦與郡官宴集于其中方惜此幽致思得佳木美草植之忽辱寵示芍藥十種豈勝欣荷山民雖陋亦喜遨遊今春寒食見州人靚裝盛服但於城上巡行便爲春遊自此得與郡人共樂實出厚賜也愧刻愧刻

又同前

某頓首啓季冬極寒伏惟某官尊體動止萬福某幸

守僻陋咫尺大府常闕俻問左右然竊尸禄奉親職事日益簡少養拙自便遂成習性但時自警而已冬深少雪氣候已春和伏惟爲國自重以副瞻頌之誠

又 同前

某啓近急足還嘗略拜問歲暮晴和伏惟台候動止萬福本州張推官欲造槃戟云舊出門下此人涖官廉善謹守其職亦可自了恐不見多年要知本官行止謹此拜聞

又 慶曆八年

某頓首仲春下旬到郡領職疎簡之性久習安閑當

此孔道動須勉彊，但口諭故老去思之言，遵範遺政，謹守而已。其餘廨舍城池數世之利，無復增修，完小小斯不敢廢壞爾。今年蝗蝻稍稍生長，二麥雖豐，雨損其半，民間極不易，猶賴盜賊不作。伏恐要知齪齪之才已難開展，又值罷絶因易諸事裁損，日憂不濟，此尤苦爾。南北遼遠，音信難頻，輙此忉忉，以煩視聽，慚悚慚悚。

又　皇祐元年

某頓首啓：自去春初到維揚，嘗因蔡中孚人行奉狀，自後區區，不覺踰歲。即日春暄，不審尊候動止何似某昨以目疾爲苦，因少私便，求得汝陰。仲春初旬，已趨官所。廣陵嘗得明公鎮撫，民俗去思未遠，幸遵遺矩，莫敢有踰。獨平山堂占勝蜀岡，江南諸山一目千里，以至大明井、瓊花二亭，此三者拾公之遺，以繼盛美爾。大明井曰美泉亭，瓊花曰無雙亭。汝陰西湖天下勝絶，養愚自便，誠得其宜。然尸禄苟安，何以報國，感愧感愧。邊防之事動繫安危，伏惟經略之餘，爲國自重。

又 皇祐二年

某頓首啓：冬寒，伏惟台候萬福。脩前在潁，曾一拜狀，尋以移守南都，苦於當道，頗闕修問，徒切瞻思。專使

枉道手書爲賜佩服感慰何可勝言北俗㝢患邊防有條宜歸大用以及天下不勝禱望之至謹奉狀叙謝

又皇祐二年

脩啓辱示諭邊備有倫此已得之傳者久矣閲古事蹟尤見大君子之用心動必有益于人也盛製記文并孔子廟嶽廟等記並於杜公處竊覽已獲祕傳然私怪明公見遺獨不見寄謂於庸鄙有所惜者何邪見索亂道敢不勉彊苟得附方尺之木于梁棟間寓名諸公之後爲幸多矣所恨文字汚公好屋爾前在

頴承示碑文甚多愧荷之懇已嘗附狀今者人至又惠宋公碑二本寧蹟辭翰可令人想慕張迪碑并八關齋記此之所有聊答厚賜其皇恐

又同前

某啓冬候凝寒伏惟某官尊體動止萬福十二日所遣人至伏承賜書誨諭勤勤且榮且感嗣以近製石本俾之拭目信所謂未有不求而得之者則前之千請誠不爲非也惶恐惶恐公之德業固已偉然於當世矣而今又以文章筆札垂示不朽伏讀展玩之際因思窮邊武俗耳目乍此熠耀其喧傳驚動宜如何

哉後世之見者想公爲人魁傑雄偉又宜如何哉說者謂天不以全美賦人其不信也其自夏入秋若於親疾以故久不修問謹因人還附此爲謝伏惟幸察

又 皇祐三年

某頓首啓自夏迄今以老毋臥疾營求醫藥加以京東盜賊縱横朝廷督責甚急公私多故遂闕拜狀中間伏承陞職留任亦以無由馳賀但深悚仄而已專人至辱書爲賜具審爲朝自重日膺多福邊隅已熟恩信兵民已安衣食當還廟堂以副公議此非小子之私祝真切真切冨公移蔡亦便親而請也恐却以

親疾難於移動未嘗求徐然此歳滿得徙亦其幸也

某再拜

又皇祐四年

某叩頭泣血罪逆哀苦無所告訴特蒙台念遠賜誨言雖在哀迷實知感咽昨大禍蒼卒不知所歸遠來居潁苟存殘喘承賜恤問敢此勉述其諸孤苦不能具道秋序已冷伏冀順時爲國自重哀誠所望

又至和元年

某啓伏蒙寵示閲古堂碑三本豈勝榮幸公之德業當施本朝耀青史而刻金石淹留邊郡閑暇之餘尚

足以爲一方故事煥赫塞上竊顧小子亦得列于衆作之間既足爲榮亦可愧也感悚感悚范公人之云亡天下歎息昨其家以銘見責雖在哀苦義所難辭然極難爲文也伏恐要知

又同前

其啓近范純仁寺丞見過得覩所製奏議集序豈勝榮幸文正遺忠獲存於不朽亦勸善之道也某亦爲其子迫令作神道碑不獲辭然惟范公道大材闊非拙辭所能述富公墓刻直筆不隱所紀已詳而群賢各有撰述實難措手於其間近自服除雖勉牽課百

不述一二今遠馳以干視聽惟公於文正契至深厚出入同於晝疨竊慮有紀述未詳及所差誤敢乞指諭教之此繫國家天下公議故敢以請死罪死罪

又同前

某啓昨自居憂服除便得召乃敢離潁至都見日便乞蒲同朝旨俾留遂領銓莞尋以引人事遽出同州入辭之際恩旨又留且領殘書既而遂被兹命孤拙多艱無所補報屢招論議常黷上聰寵禄難忝若何爲效恐終碌碌以爲知己之羞久不拜狀出處多滯故敢略序范公碑如所教悉已改正但候橋川檢得

希文奏議實在賊界恐知之其又上

又同前

脩啓昨自服除召還闕出處不定皆由蹇拙使然諒惟悉察自忝此職嘗於遞附啓為謝其衰病鬚鬢悉白兩目昏花豈復更有榮進之望而天下責望過重恨無所為進不能補益朝廷退不能一作得決去恐祿祿遂為庸人以貽知己之羞爾夙夜愧懼不知何以

見教頗聞誨勒之言真切真切

師魯及其兒子漸皆以今年十二月葬其昨為他作墓誌事有不備知公為作表甚詳使其不泯於後大

幸大幸范公表已依所教改正只是大順時撿得希文當初奏議是在賊地中伏恐要知

又嘉祐元年

某頓首啓秋暑尚繁不審三司尚書尊體動止何似伏覩制書以天下之計資天下之才雖未足以施夔稷一作契之業致堯舜之道以興至治以副具瞻而天災水旱之時民困國貧之際上有以寬旰食之憂下有以救飢寒之急此縉紳之君子閭巷之愚民所以聞命之日欣歡鼓舞而引首北望惟恐來朝之緩也脩言不足信於人才不足用於世事有不得已而未

能引去徒與衆人同其喜慰伏計大旆即日在塗伏惟爲國自重謹奉啓咨候不宣脩頓首再拜

又嘉祐三年

某頓首啓自明公進用雖愚拙有以竭其思慮效萬一裨補之而久無一言甚可責也今竊見國子監直講梅堯臣以文行知名以梅之名而公之樂善宜不待其言固已知之久矣其人窮困于時亦不待其言而可知也中外士大夫之議皆願公薦之館閣梅得出公之門一美事也公之薦梅一美事也朝廷得此舉一美事之某不敢以一言而讓三美故言之雖公

而不敢浼公賜擇焉惶恐惶恐

又 嘉祐治平間

某啓兩日不奉宴言豈勝瞻系伏承台候稍爾愆和不審晚來起居何似氣脉小小留滯微行必遂清康旦夕拜見且此拜聞

又 同前

某頓首啓數日不奉餘論竊承台候微傷風冷喜已康和秋暑尚有殘歊更冀特加精攝無由咨候賡次謹勒此馳啓上問過旬休必獲瞻奉茲不盡區區

又 治平■年

某啓不奉顔色，忽已經旬。霜寒，伏惟台候動履清福。竊承表啓累上，聖意決不少疑。量斯勢也，似非辯説可入，莫且當勉屈高誼，兼副中外人情。否其衰病，最宜先去者尚此進疑，矧公繫國體重，豈可輕議？昔人歎好事難必成，皆此類也。旦夕瞻近，姑此以道愚見，幸高明裁察也。惶恐惶恐。

又 治平元年

某啓晚來伏承台候萬福，辱簡誨，俾撰先令公真贊。前世文人喜爲聖賢託述，蓋欲自託以垂名。矧盛德清芬備載史牒，但恐衰病久廢筆硯，不能稱道萬一

當試勉彊以應嘉命值夜草草

又 同前

某啓承教俾作魏國令公真賛屢日杼思不勝艱訥葢以鉅德難名非委曲莫究萬一而滯於簡拙遂至窘窮實辱嘉命惟負慚恐勉自録呈

又 治平■年

某啓某以私門薄祐少苦終鮮惟存二姪又喪其一衰晚感痛情實難勝仰煩台慈特賜慰卹豈任哀感之至酷暑復盛伏承台候萬福來日參假當奉言侍謹且附此叙謝

又 治平■年

某頓首啓不獲瞻奉忽復數日秋暑伏承台候萬福

某以餘毒所攻頸頰間又爲腫核第以不入咽喉比

前所苦差輕旦夕欲且勉出重煩台念特賜存問不

勝感愧區區謹奉此叙謝

又 治平■年

某啓不獲瞻見等閑數日餘暑尚繁不審台候動履

何似竊承有外計之戚方此炎熾伏冀節損悲悼爲

朝自愛無由馳謁門屏謹奉此陳慰

又 治平■年

某啓至日不獲展慶不勝馳情伏惟履長納吉爲國
耆老永副中外之具瞻某所苦悉已平蓋得節假中
飽於將理尚煩憂恤手筆存問其爲感激併留面叙
人還粗布萬一

又治平[illegible]年

某啓日夕風凛伏喜台候萬福重辱手誨仰認意愛
之深某所以欲速出者蓋家居不遑安爾謹當更與
醫工審議昨亦有一劄乞更寛數日皆寂然所以尤
難安處或因方便特爲略言及豈勝大幸承諭曾見
與叔平簡拙疾更不復云惟乞不賜憂軫皇恐皇恐

又 治平四年

某啓：不待台席，忽復彌旬。經節，伏承動履清福。杜門俟命，已上三表，便值休假，方欲旦夕馳布懇誠于左右，忽辱惠誨（一作翰），感慰兼深。某去就之際，不惟果於自決，而相知者皆勉以必去不疑。亮公見愛素深，意必不殊也。此來賴君相之明，爲之辨别，皎然明白，中外無所疑惑矣，則某之引去，不嫌稍速。所推恩禮，不必過優，使災難中遂逃禍咎，而保安全於始終，蒙德不淺矣。區區所欲述者此爾。伏惟幸察。

又 治平三年

某啓早暮遂凉伏承台候萬福昨日辱以相臺園池記爲貺俾得拭目辭翰之雄粲然如見衆製高下映發之麗而樂然如與鄴人士女遊嬉於其間也榮幸榮幸晝錦書刻精好但以衰退之文不稱爲慚而又以得託名于後爲幸也衆篇一時盛事往往佳作咸得珎藏豈勝感愧昨夕偶數客坐中不時布謝皇恐皇恐謹奉此咨啓

又 嘉祐八年誤寘此

某頓首啓板橋怱遽攀違怱復旬浹氣節遂爾寒凝伏惟台候萬福龍旌即路幸此晴明然而跋履之勞

事務叢委竊計倍煩神用更乞爲朝自重以副傾依

下情區區

又 治平四年

某啓冬序始寒不審台候動止何似竊承懇請之堅遂解機政處六位居成功古人之所難公保榮名被殊寵進退之際從容有餘德業兩全讒謗自止過於周公遠矣然而朝廷處則元老遽去私自計則孤危失恃此不能不憫然爾其他區區非筆墨所可旣惶恐惶恐

又 同前

某啓自承遂解政機出鎮便郡尋奉拙記計已通呈
邊審殊命優禮悉已懇辭又當馳賀也某藏拙於此
幸亦優閑而衰病侵攻略無寧日歸心愈切然素計
亦稍有緒也竊計大旆非晚啓行無由瞻望寒中伏
冀為國自重區區不宣

又 熙寧元年

某啓東州難得酒村郡醖不堪為信惟羔羊新得法
造又以傷生不能多作然謂一無此字其味尚可少薦樽
俎輕瀆台嚴惶恐惶恐

又 熙寧□年

其頓首嚮嘗以拙惡應命深愧唐突乃蒙不鄙以之刻石得予履鉅筆錯之佳處因公勝迹託附之傳其爲榮幸多矣感惕感惕其近秋冬以來目病尤苦遂不復近筆硯小詩亦不曾作心志蕭條但思歸爾承諭臟腹多不調更乞節慎飲食酒能少戒尤佳其一向不飲遂不復思無由少侍談席區區不布萬一

又 熙寧二年

其啓專使至獲捧台翰伏承經寒動止萬福下情欣慰其以病目艱於執筆稍闕拜問其爲傾嚮之勤則未始少怠也其幸東州歲豐事簡居已踰年已再削

乞壽陽蓋陳蔡勢難乞惟壽近頗亦便於歸計爾㫖益
遠旌榮新春伏惟爲國保重
又熙寧三年
某頓首啓近昨過鄆瞻望留都纔三四驛因假急足
拜問粗布區區不謂遠煩專介直走淮濆誨諭勤勤
仰認意愛兼審秋寒台候動止萬福下情豈勝感慰
脩過頻少留以足疾爲苦不久勉之官守情悰索然
素志未遂其餘鄙冗莫道萬一惟乞爲國自重以副
具瞻
又同前

某啓某去秋留潁月餘嘗因急足還府附狀自爾勉力病軀祗赴官所忽忽遂見窮臘即日凝凛伏惟鎮撫之餘台候動止萬福某昨蒙上恩察其實爲病瘁得蔡如請土俗淳厚本自閑僻日生新事條目固繁然上下官吏畏罰趨賞不患不及而老病昏然不復敢措意於其間若郡縣平日常事則絶爲稀少足以養拙偷安俟日而去爾甚幸甚幸荷公見愛之深欲知其如此爾歲暮雪寒伏乞爲國加愛

又 同前

某啓立朝雖久忝冒實多而未有卓然可稱於人者

蒙公愛念贈以嘉篇語重文雄過形褒借何以當克
但祕藏榮感而已拙句唐突大匠出於勉彊慚恐慚
恐其自至察遂不曾作詩老年力盡兼亦憂畏頗多
冀靜默以安退藏爾

又熙寧四年

某啓近嘗奉記粗布區區竊計已授几格專使忽至
特枉親翰伏承經寒鎮撫之餘台候動履萬福豈勝
感慰之極某衰病如昨老年憂畏旦暮未去間俛默
苟偷如前書所述爾忽忽又見新春惟乞爲國愛重
以副中外瞻倚之望

又 同前

某啓辱貺齋醞尤爲醇美第小邦鮮嘉客老病少歡意不得如侍台席時豪飲之量爾可歎可歎近以序傳拜呈壓涗聽覽蓋嚮在穎因欲遂留而當權者猜忌聊以自解爾進退之間其難如此可懼也千萬保重以慰勤企

又 同前

某頓首再拜近急足還府奉狀粗布謝懇新正今節限以官守無由一厠賀賓之列元勳柱石神明所相百福來臻春氣尚寒伏惟爲朝愛重上副眷倚下情

祝頌之至

又 同前

某啓特承寵示歸榮等五篇刻石俾遂拭目豈勝榮幸唐世勳德鉅公爲不少而雄文逸翰兼美獨擅孰能臻於斯也某以朽病之餘事事衰退然猶不量力不覺勉强者竊冀附託以爲榮爾見索拙惡不能藏默謹以録呈慙罪慙罪某又上

又 同前

某啓向嘗輙以拙詩塵浼台聽尋蒙特賜寵和不惟以慰寂寥而雄文大句固已警動人之耳目屬閑居

杜門難偶信便遂稽布謝豈勝感幸愧恐之至也因王郎中詣府的便少道萬一

與冨文忠公 彦國 天聖明道間

某頓首白彦國自西歸於今已踰月無由一致書蓋相别後患一大疽爲苦久之不暇求西人行者然亦時時有客自西來獨怪彦國了無一書又疑其人不的於段氏僕夫來致幾道書此人最的宜有書又無然後果可怪也始與足下相别時屢（一作累累）邀聖俞語謂書者雖於交朋間不以疏數爲厚薄然既不得羣居相笑語盡心有此猶足以通相思知動静是不可

忽苟不能具寸紙數行亦可易致則可頻致猶勝都不致也當時相顧切切用要約如此謂今别後宜焉朝西而書夕東也不意足下自執牛耳登壇先唾降壇而吐之何邪平生與足下語思欲力行者事何限此尺寸紙爲俗累牽之不能勉强嚮所云云使僕何望哉洛陽去京爲僻遠孰與絳之去京師也今尚爾至絳又可知矣自相别後非見聖俞無一可語者思得足下一書不啻飢渴故不能不忉忉也秋暑差盛千萬自愛

又 嘉祐元年

其啓暑雨不審台候何似有蜀人蘇洵者文學之士也自云奔走德望思一見而無所求然洵遠人以謂其能取信於公者求爲先容既不可却亦不忍欺輒以冒聞可否進退則在公命也

又 嘉祐七年

某啓慰疏已具如别春候暄冷不常不審孝履何似伏惟以時順變徇禮節哀上副人主之眷懷下爲士民自重某自承之東府忽已半歲碌碌無稱厚顔俯仰尚思一有論報而去然勉强庸拙不知所爲苟終止若斯顧亦安能遲久不待彈劾當自爲計也未知

尚有可教否無由瞻近豈勝下懷時事多端伊洛過客相踵必有能道其大槩者其他委細亦非筆墨可殫也謹因遣人萬不布一某又拜

又嘉祐八年

某頓首啓近馳賀懇少布私誠伏承大旆已及近郊道路盛暑竊審台候萬福實慰區區瞻跂之勤朝廷新有大故時事多艱舊德元臣與國同體馳騎奔走不惟出處之節得宜與來者爲法康時濟物愚智所同有望於馬首之來也餘如前書所述也旦夕當得瞻見顔色第因張師遠行不可無書謹奉手啓咨問

又同前

某啓忽承手誨以屢辭新命未得請俾有所開陳敢不如教然愚竊以公自元宰還首西樞懇請而從則恩典未見其過但公以避災爲意思欲深自退抑此與上待元老之意本不相爲謀也亦竊見初一劄自後更不降出上亦未嘗語及豈非事已決定無可商量邪若德音有所詢當具道如所教也秋凉喜承台候萬福謹奉此不宣

又 治平二年

某啓餘暑未祛伏承台候動履清福人至辱賜簡豈

勝感服自公在告爲常制所拘不得時伸候見固以爲恨今者大旆當西不一造門下竊意不近人情兼料諸公意必同此所以雖承誨勒未敢聞命也皇恐皇恐人還謹此不宣

書簡卷第一

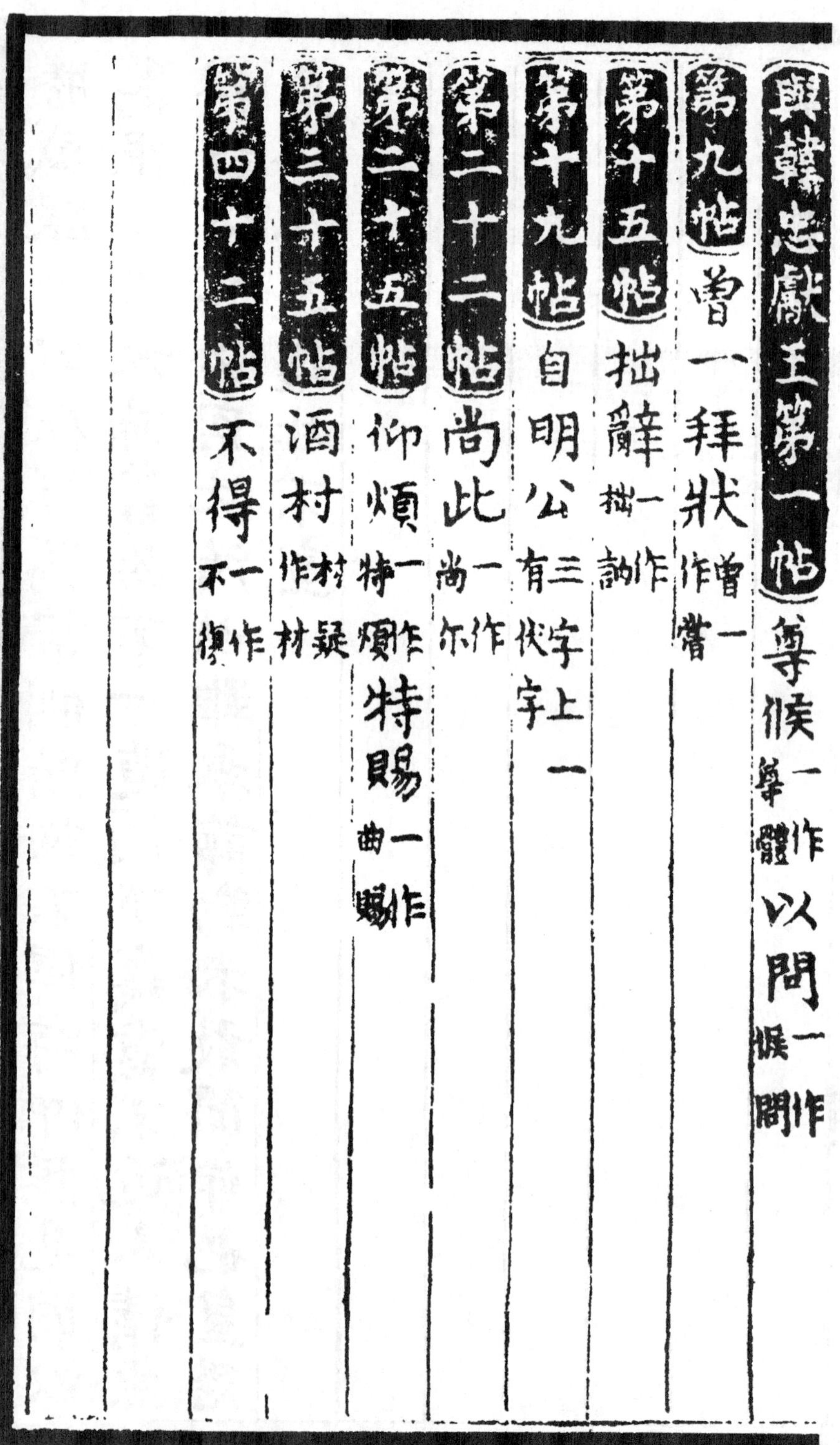

與韓忠獻王第一帖 尊候一作尊體 以問一作候問
第九帖 曾一拜狀 曾一作嘗
第十五帖 拙辭 拙一作訥
第十九帖 自明公 三字上一有伏字
第二十二帖 尚此 尚一作尔
第二十五帖 仰煩 一作特煩 特賜 一作曲賜
第三十五帖 酒村 村疑作材
第四十二帖 不得 一作不復

歐陽文忠公集一百四十五

書簡卷第二

與晏元獻公 同叔 慶曆七年

某啓孟春猶寒伏惟判府相公尊體動止萬福前急足自府還伏蒙賜書爲報且承臨鎮之餘日有林湖閒燕之樂此乃大君子以道出處之方而元老明哲所以爲國自重之意也幸甚幸甚有魏廣者好古守道之士也其爲人外柔而内剛一作内剛而外柔新以進士及第爲滎陽主簿今因吏役至府下非有它求也一有字直以卑賤不能自達欲一趨門仞而已伏惟幸賜察焉不備某再拜

又　皇祐六年

某叩首孟春猶寒伏惟留守相公大學士動止萬福某罪逆不孝不自死滅猶存喘息自齒人曹近者輒以哀誠具之號踊台慈軫惻憐念孤窮亟遣府兵賜以慰答有以見厚德載物無所不容求舊拾遺雖弊不棄捧讀感涕不知自已內惟孤賤受賜有年豈獨㒺時乃爾惙怛蓋以感激臨紙發於其誠而不能止也留務清閑伏惟上爲邦家精調寢饍下情區區謹因人還附以叙謝某再拜

與杜正獻公世昌　慶曆五年

某頓首啓仲夏毒熱伏惟相公閣下尊候動止萬福某蒙國厚恩任責尤重殆此朞歲曠無所聞不惟上辜陶鈞寶亦慚愧知己瞻望門館豈勝區區然自東藩下車已累月而尚稽脩問左右之禮蓋其進不能爲朝廷辨邪正而使讒言勝於公議退亦何所述其私焉用此彷徨非懈怠也伏以大臣出處自繫時事惟望爲國自重以享多福卑情不任禱頌懇切之至謹奉啓起居伏惟幸察

又慶曆八年

某啓仲夏毒熱不審相公閣下尊體動止何如某昨

蒙恩自滁徙揚揚古名都嘗多鉅公臨治憶爲進士時從故胥公自南還舟次郡下遊里市中但見郡人稱頌太守之政愛之如父母其時尚未登公之門然始聞公之盛德矣因竊歎慕不已以爲君子爲政使人愛之如此足矣然不知公以何道而能使人如此又不知使已他日爲之亦能使人如此否是時天聖六年冬也去今幾二十年而幸得繼公爲政於此以償夙昔歎慕之心而其林薄力劣復何能爲徒有志爾相公道德林業著于天下一郡之政不足多述因小生之幸遂以及之聊陳始末不覺言繁恐悚恐悚

拜見未由伏惟爲國自重

又 皇祐元年

某啓孟秋猶熱伏惟致政相公閤下尊體動止萬福昨者某以目疾爲苦自揚州求潁至此經時闕於奉狀蓋以目疾（一作目病）無悰私門多故然其企望門館何日而忘頃自去冬子美之逝賢人不幸天下所哀伏計台慈倍深痛悼某年方四十有三而鬢鬚皆白眼目昏暗慈母垂老羸病厭厭身世若斯國恩未報每以自念慨然興嗟知遇至深敢兹瑣碎皇恐皇恐秋暑未退霖雨爲災伏惟順時倍加保重卑情所望不

任區區謹奉啓起居

又 同前

某頓首啓季冬極寒伏惟相公閤下尊候動止萬福某幸得守官近郡當時欲奔走候問起居而自秋以來老母臥病郡既僻小絶無醫藥逮冬至之後方得漸安由此踰月曠闕書啓之禮蕞爾小子蒙德有年瞻望門墻何日而已伏願順時自重以迎避福以隆壽考卑情不任區區謹奉啓咨問

又 皇祐四年

某啓前月初專於郡中借人拜問不謂至今不達必

以大水爲阻急足至伏喜秋來台候萬福得贊善書承頗多故亦云微恙今必已平康諒煩台慮也寵示寄君謨唱和詩并梅書豈勝珍荷梅君窮困晚遇真知不爲否也其此苟活但葬事未有涯大事惟此固難容易自秋來忽患腰脚醫者云脾元冷氣下攻遂勉從教誨食肉古人三年不食鹽酪誠有愧也不孝不孝延陵葬子孔子猶往觀之蓋君子於哀樂喜怒必有可觀以爲人法也今世士人居喪不及處多風俗久弊恬不爲怪心常患之不意自犯名教然存身亦以奉後此蒙寵誨之意也荷見憂愛至深不覺言

多死罪死罪某上

與曾宣靖公 明仲 慶曆五年

某啓山郡僻寂習閑成懶凡於人事幾廢絶前者送起居院文字人回特沐手誨違别兹久伏承德履甚休可勝慰浣某居此雖僻陋然奉親尸禄優幸至多愚拙之心本貪報國招仇取禍勢自當然然裨補未有一分而緣某之故事起多端有損無益可爲媿歎今而冒寵名飽食自便何以爲顔也未期良會冬冷保重

與吕正獻公 晦叔 皇祐二年

某啓別後人還兩辱書暑中喜承寢味多福某十三日受命與孫公易地此月下旬當行効官不憚宣力苟爲公家何所不可若區區應接人事以避往來之謗秖恐違其天性難久處也西湖宛然冉來之計不難圖而與賢者共樂知其不可得也秋凉惟冀保重

又　熙寧■年

某啓某以衰病之質幸此優閑中性易習遂成懶墮嚮審召還禁林固與士大夫同其慶抃而久闕馳誠恃知之厚必不罪其疎慢也辱書重增感愧未涯瞻邇漸寒爲國自重

又 熙寧三年

其啓養拙東州久自藏縮加之病苦廢事遂闕拜問比者得請淮西道出治下方俟叉疆奉狀行次南郡一作都遽辱賜教其爲感愧何可勝言仍審坐鎮之餘動履多福其衰晚之年蒙上信其實病不以避事爲責而從其所欲恩出萬幸何感如之餘不復云皆留面布

又 熙寧五年

其啓晴陰不常不審動履何似前日四望一賞群芳之盛已而遂雨古人謂四樂難并信矣十三日欲枉

軒騎顧訪蓋以草堂僅成幸一光飾之爾謹此咨布

餘留面叙

又 同前

某啓昨晚辱教答承齒疾尚未平若苦不敢勸酒莫可略枉顧否蓋欲少接清論不主於酒食物亦令減滋味也矧齒疾其亦嘗苦每蒙寬假也更此咨啓

與程文簡公 天球 皇祐 年

某啓衰誠迫蹇不敢時通記問蒙存録過厚荷知有素不當煩述也賤累往來鎮下特承差人送至及勞賜稠重秪以愧感佳釀拜惠甚頻增靦增靦衰病咫

尺末由號一作就見依戀依戀

又 至和元年

某頓首啓依戀之懇略布具前大暑中特煩眷接累日連夕不見勸色私懷感著非一二所可陳舟行病酒累日不解府人屢還皆不能奉啓纔過長平遂苦大熱比及都下俗狀益勞瞻想清宴其可再得餘當續具咨目兹少叙依依不悉

又 至和二年

蒙頒寄佳醖感愧非一京師日苦俗狀無復清思臨觴之樂未始有之思去歲留奉清歡不覺已朞年矣

柳湖陳之甘棠，恩有所頌述以遺陳人，爲他日故事，以彰公之雅志。不惟拙訥，直以多事怱怱，殊所不暇。秋涼必償素願，得次詩榜之末，亦大幸矣。

又 同前

某啓：昨得請淮西，方作書乞舟，謀出府下，冀得一奉言色，私懷喜幸，何可勝言！而改職未謝，恩旨復留，孤拙無庸，於時何報？進退遑遽，莫知所爲，重以屢煩朝聽，未敢輕有所陳。靦顔周行，碌碌而已，荷公愛顧，非比他人，出處之節，不敢自默。時事日新，未知如何，區區非紙墨所布也。秋熱，惟乞以時爲國自重。

又 同前

某啓忽忽久疎奉問近以被命出疆初緣持送御容須一學士同列五人皆以曾往遂不敢辭繼以虜中凶訃義益難免然冒風霜衣皮毛附火食麪皆於目疾有損亦無如之何比者當馳問示諭栁湖嘉致誠願有所述以姓名附見爲榮北行馬上當得杼思偶祕書歸省顧治行計隨分牽率鄙懷不能盡萬一

又 至和元年

某頓首伏承台誨欲使撰述先公神道碑豈勝愧恐某才識卑近豈足以鋪列世德之清芬然蒙顧有年

義不得辭其如大懼不稱所使以辱執事是用進退惕然餘當詣節下受教舟船荷德無已

又 同前

某啓辱賜問并録到贈告屢煩台聽悚仄可知所要碑文今已牽課衰病無悰言無倫理不足以揚先烈愧汗而已某自病起益疲不能復舊豈遂衰邪碌碌處此思去未果但思明公柳湖春色不得陪儁騎爲恨爾大用猶稽時事多端思見舊德物論如此非諛也未間樽俎爲適亦有嘉趣臨紙區區不能盡惟冀爲國珍重

與孫威敏公 元規 皇祐四年

某僦居西郊苟活，無求於世，號奉几筵而已。諸事無使不便也，幸無恤。秖如卜葬，茫然未有涯，然汲汲須於明年了却。某邇來目昏，略辨黑白耳，復加重，恐知之西行漸相遠，哀苦中瞻望依依。范杜二家之子不歸京西，此不足怪，人事就易爾。仕宦子孫多在北，古賢亦皆如此，不以去就爲輕重也。某亦不忍以先妣有歸子孫，以遠不得時省墳墓也。哀切哀切

又 同前

某叩首。急足自徐還，遂辱書，承以七月首塗大旆，遂西

即日秋暑伏惟台候萬福昨日范公宅得書以埋銘見託哀若中無心緒作文字然范公之德之才豈易稱述至於辨讒謗判忠邪上不損朝廷事體下不避怨仇側目如此下筆抑入艱哉其平生孤拙荷范公知獎最深適此哀迷别無展力將此文字是其職業當勉力爲之更須諸公共力商榷須要穩當承公許作行狀甚善便將請謚議官文書有司據以爲議大是一重公據請早揮筆秖見行狀亦當草率爲之也入對少留應當西邁殘暑千萬保攝時乞惠問以慰孤窮

與蘇丞相 子容 同前

某啓哀窮苟活奄及仲秋孤苦之心何以自處昨急足還府嘗奉號踈必達秋凉寢味如何昨聞入京今必歸府某此幸紉賤如常相見未涯嚮寒保愛因人奉此不次某再拜推官學士執事 八月五日狀

昨大禍倉卒離南都來不記料錢劵曆何在後來須繳納省中不知省中曾催否是王仲文手分託與問之

又 同前

某啓近急脚子還嘗奉訊專人至辱書審秋寒以來

體況佳福脩筍自存活諸況前書具之此不繁述𥁞
𥁞極荷掛意前者爲料錢曆子承封送王仲文等狀
蓋當時作書誤寫本爲添支曆尔更説與問看記得
當時離南都時似繳納了恐未曾繳時須要見歸着
也此中尋來並不見故也更爲王渭州織紗如何亦
告因書批及見解牓喜賢弟被薦感抄多愛某再拜
𥁞田絲十二兩有公文却送還府

又　皇祐五年

某啓近累累辱書承夏熱幕中清勝某居此以來事
緒累次書中應悉但卜葬心欲速了而事未有涯絶

無人相助又無弟姪可使者茫然中心未知所措吾
弟替期應亦不遠公祖極小事煩挂意悚悚苟圖存
活所須至鮮然有不得已處也窮居危坐病目眊然
無以度日又爲一妹喪大惸然無依居處相遠力未
相及添此一重煩惱爾人還作書回謝事多未能子
細思渴思渴

又 疑

某啓晴色可佳必遂出城之行泥濘竊惟勞頓清明
之約華卒唐公見過喫一椀不托爾餘無可以爲禮
也專此不宣

又

某啓雨晴便若客多牽強攀和盛篇已不能如韻賓愧於詩老也早來承見問所闡再三疑惑不審何事彼有所傳幸以爲示也爲客在門前守定寫簡不成悉之

又

某啓拙詩趂韻有梅二之業病無其工也早來許行香後見過何爲復輟所欲示者何事來日能見顧否行香後乘涼枉駕作一盂飯奉待却有絶品茶數種可試若所説事不妨時幸就近約介甫同來爲幸惟

以方上號請告不敢聚斂爾其他並無害批示某再拜

又治平四年

某啓近嘗奉狀急足還并遞中併捧惠問所以慰誨存恤之甚厚兼審經畧動履多福乃誠瞻嚮欣感可量汴流駛激承使舟即日東下得與民吏奔走道左豈勝馳情謹先奉此攀迎伏惟幸察不宣

又同前

某啓某以孤拙蒙上恩憐予之一州俾養衰朽又得在使部遂依公庇頓安危心豈勝天幸某至此已數

月辛歲豐盜息民事亦稀蝗蝻不多隨時撲滅承齋
舲下沐首及弊封當得親受約束面布懇誠謹因迎
送人行姑此上問尊候不宣

余皇祐庚寅歲爲南都從事會樂安公來守留司
以余乃昔所舉送進士待遇特厚府中之務皆以
見屬嘗謂余曰愛君至誠喜得共事故事事奉諉
必不憚煩也又嘗親書余考牒曰才可適時識能
慮遠珪璋粹美是爲邦國之珍文學純深當備朝
廷之用又其所遺書簡往往指事詰難盡其底處
余亦荷其知照於論議閒纖悉無隱前後諸帖雖

祕藏之或為親識携去者多矣今聞公薨謝感舊愴懷不能已已因索巾褚尚得數十帋命工裝背庶幾藏於久遠亦熙寧五年十月廿五日東陽郡思堂丹楊蘇頌子容題

予在樂安幕府二年日接論議聞所未聞府事之外則章奏書疏悉以見託至於私家細故亦多詢其何如故其簡札丁寧委曲雖至親亦不過如此自公之薨予每與親舊語言未嘗不及之抑其風尚之可懷故彌久而不能忘也蘇頌子容題

與王文公介甫　嘉祐　年

某再拜相别忽焉遂見新歲中間嘗一得附書其如忽遽不盡鄙懷於今猶以爲恨雖然遂使不忽遽區區之懷亦不能盡也賢弟來得相見備審動止即日春寒奉太夫人萬福喜慰無限賢者不能留之朝衰病着不得放去皆失其分歸咎何所某自新春來目益昏耳亦不聰大懼難久於筆硯平生所懷有所未畢遂恐爲庸人以死爾其他細故不足道惟奉親自愛

又　嘉祐二年

某啓近託揚州附書必達自拜别無日不瞻企秋氣

稍涼伏惟尊候萬福毗陵名郡下車之始民其受賜

然及侍親爲道之樂日益無涯矣其快快于此素志

都違諸公特以外議爲畏勉相留古之君子去就乃

若是也吕惠卿學者罕能及更與切磨之無所不至

也因其行謹附此咨起居

又 嘉祐元年

近得揚州書言介甫有平山詩尚未得見因信幸乞

爲示此地在廣陵爲佳處得諸公録於文字甚幸也

賢弟平甫秀才不及別書愚意同此前亦承惠詩多

感多感

與韓獻肅公子華 嘉祐六年

某啓多日思致問近見發遣使臣來請公用物呼渠欲附書待之終不至遂以稽滯不審秋涼所履何似某碌碌無所稱遂爲朋友之羞第以體難輕發當更小忍慙怍君謨自南歸皤然一翁但喜其病渴且止遂當安也仲儀頑健如故惟不能屢相見交游索漠子華豈當久外何時來歸未間因風時枉數字猶足以慰衰病之懷竊冒寵榮不知爲樂但覺其勞與負愧亦茶三二種託賢弟致達勿罪少遑州早寒惟爲時自愛 公儀云謝禮闈唱和已失二梅可歎可歎

與韓門下 持國 至和二年

承已受命未克馳賀蓋以治行徙居日併牽率也陰雨體況佳否小詩幸同作以送介甫因出見過恩仰恩仰某再拜十三日 何時可入史院幸先示諭爲望

與吴正獻公 沖卿 嘉祐六年

其啓奉别忽見新歲辱書承經寒動履休勝某以孤拙之姿不求合世加以衰病心在江湖久矣此交親所共亮之也兹者遽叨誤選實出意外任責已重而無素藴不敗何待見愛深者但可弔也不然何以教之惶恐惶恐新春保愛以副瞻祝某再拜

又 嘉祐八年

某啓：公私多故，久闕奉狀。辱書，承經暑動履清和，併深慰戀。近審將漕京西，但欣按部過都，當遂瞻見。亦承曾有章奏，必難遂高懷，莫且勉就否？其自春涉夏，以小兒女多病，不無憂撓，加以待罪碌碌，不知所爲，情緒蕭索，無復前日。惟握手一笑，庶幾尚慰衰殘，豈勝企望也。未間，盛暑，爲時自重。人還，草率爲謝，不宣。

又 同前

某啓：公私多故，稍闕致問。自因山赴役，事非素料，每見奏削，足知勞慮也。亦承邇來頗有倫緒，諒非精敏

不能濟也某以衰朽謬膺器使當此多艱未知何以免於罪戾也即此衰病之餘與兒婦輩各安恐知

又 治平四年

某啓違遠台席忽復更時秋暑尚繁不審動履何似某向以孤危之迹當羣論洶湧之時獨頼至公過以清議保全至此恩德可量赴職以來日享安逸茲爲受賜不淺矣乃情傾嚮豈勝區區惟冀以時爲國自重

又 熙寧四年

某啓感激之誠已具前幅某十七日受命行裝素具

適值久雨積水爲阻三五日始遂東歸某此來恩數出於望外然猶有私門合乞恩澤上煩朝廷幸乞留念一作意蓋他門不敢言恃以親契皇恐皇恐某又上

又 治平元年

某啓多故稍闕致問辱書感愧新正竊承動履休福貴眷各安某與兒婦等幸如宜第苦殘衰齒牙搖脫飲食艱難殊無情況爾京西忽已踰年承見諭謹當誌在下懷也過年賓客書題全集日益區區修報草率不以爲罪春和惟以時愼愛

又 熙寧五年

其頓首啓其田野之人自宜屏縮而况機政方繁猶蒙曲記其生日貺之厚禮仰佩眷意之篤感懼交并某以衰病退藏人事或不能勉力交親必賜寬恕謹此以代布謝之萬一

又 熙寧五年

竊承懇章屢上而中外瞻矚方切恐未能遽遂高懷也近叔平自南都惠然見訪此事古人所重近世絶稀始知風月屬閑人也呵呵 有會老堂三篇方刻石續納兒子在宅叨聒感愧感愧

與吴正肅公 長文 嘉祐二年

某啓前日齋所却成叨聒累日宿齋不易承手教存問雨勢不減去年弊居上漏下浸壓溺是憂更三數日如此當須奔避皇皇不知何適爲可居京師其況如此奈何奈何承惠奇物遠來更要新如何可得也呵呵感著感著人還謹此不宣

又 同前

某再拜累日不瞻奉渴仰可勝酷暑中承氣體清適某自初旬内嘗冒熱赴宿爲暑毒所傷絶然飲不得加以腹疾時時作遂在告數日前下牓子欲見以虚羸未任遂復中止更三五日當出承手教存問感慰

感慰謹此奉謝

又同前

某啓在告累日不獲瞻見尤所企渴辱教承餘寒體氣清佳衰病極不目勝左臂疼痛繫衣揩笏皆不得懇告諸公幾乎乞骸也何暇復顧外論如何哉承見諭感仰感仰乍出事叢草草不悉

又嘉祐四年

某啓承奉祠齋宿喜體候清休某參假方三日左眼瞼上生一瘡疼痛牽連右目不可忍旦夕未止又須在告屢廢職事豈得安穩諸公不諒未肯令罷奈何

奈何承惠佳篇甚釋病思和得納上目痛甚書不得
勿訝

又同前

某病中聞得解府事如釋籠縛交朋聞之應亦爲愚
喜也請外又須更作一節般挈上下重以爲勞數日
卜居稍定遂得從公游矣拙詩取笑

又此帖乃是嘉祐三年二月謁寘此

某啓一兩日不奉見伏惟體候清佳孫明復春秋文
字知在彼傳録欲告借一兩册或彼中已寫了者若
或未寫到者皆得此中一二筆吏閑坐必不久滯其

遂赴班荊忽忽五七日不相見謹此不宣

又 同前

某啓昨日聖俞處見一篇又辱寵示其鋒豈易當也然自此極有工夫却歸人道上也呵呵云百司者尚未見報來不知的否某已有祕閣唐書便更無兼局亦情願臉瘡未愈未得奉見區區不悉

又 同前

某啓昨日奉見偶忘咨聞爲親戚喬孝本避嫌當易局乞早與施行況武平郎君例甚近幸冀留念前時亂道數篇必已寵和專令咨請望付人也忙不詳悉

又同前

某啓在告久不瞻顏采頓涼伏計德履康裕某病體得涼漸愈思欲朝參以奉言宴而假故須初三日方可出昨見新制京朝官不自下文字令審官舉行磨勘朝士唧唧皆爲不便某亦思之有數節未便蓋爲害甚廣然不知長文曾留意否始初莫與建議否欲有所陳未敢先此咨問幸思而見教

又嘉祐六年

某啓自大旆東出忽復踰時春氣猶寒竊承動履清勝前約臨行少留會話終不克遂至今爲恨東土雨

雪不愆年豐俗阜爲郡之樂想亦無涯某衰病日增勉強碌碌卒無毫分以塞咎責奈何奈何前日賞花釣魚獲侍清宴自景祐三年逮今二十六年獲見盛事獨恨長文不在爾嚮暑政暇惟以時自愛因風惠問以慰瞻渴

又 治平二年

某啓以公私多故久不奉踈秋暑伏承孝履支福賢郎來因得聞動靜粗慰瞻企然而倚廬遠去城邑飲食非便亦承臟腑不調諒由蔬食所致某向居憂於潁每每因食素生疾遂且食肉然服除半歲猶未平

復此在典禮亦當從權前時傳侍講還朝尤病甚有羸色久之方復公奉侍慈顔尤當勉彊間食少葷味以養助真氣交舊奉祝惟此爲切餘不煩言也亦知室居稍亦完緝嚮寒更冀節哀慎護以副瞻祝

又 治平元年

其自春末家中疫疾深夏甫定遽此水災驚奔不暇僅有餘生入今年來兩目昏甚屯滯百端直以京師饑疫復此水患上心憂勞正當竭力未敢請外其如無所裨補其責愈深奈何奈何賜茶數餅表信然亦不宜多飲也

又　熙寧元年

某啓：暑伏已深，不審台候動履何似？脩赴職已旬餘，幸歲豐盜賊衰息，地僻人事稀簡，養拙之迹，臨禍獲全，荷德已多，而又假以寬閑之處，俾養衰病之餘，其受賜亦不淺矣。昨過潁尾，蓋十五六年不到矣，而風氣之變，物產益佳，巨蠏鮮鰕，肥魚香稻，不異江湖之富，故亳雖名郡，而歸思不可遏也。固不待巢成而歛翼矣。公方上副聖君眷委之重，下爲善人良士所賴，惟爲國自重，以副區區。不宣。某再拜。

與蘇丞相子容　皇祐[illegible]年（已下[illegible]）

識如所諭甚善早來所聞是生開者河道云太淺却高如西面二尺已來更請子細看過或果如此即更須那工開令深峻方可行水仍云大抵近東河底漸高恐流水不快千萬且與掛意某兩日拖病來日方可到城外恐知之某白子容足下

又 至和元年

某自去秋扶護南歸水陸往還四千餘里᷎無風水之恐得遂安祔哀苦中獨力粗如私願其如水往陸還奔馳勞苦故自春多病僅有餘生中間承段秩召試帖職未遑為賀亦以哀苦杜門少見人便故也即

日供職奉親外氣體休佳其六月當勉從人事未知
所向何方相見未可期企仰企仰因人不惜垂問此
外珍重某又問　哀苦中承示啓事相知何必更如
是未禪除稽於復謝諒可情恕也

又　嘉祐七年

某啓中間辱書承爲政外體履安和近又沐惠問適
以合宮大禮前後事叢不時致謝第深感愧也潁城
佳郡足以優賢然當舒發遠大則難久留也未聞湖
園亦少資清興某衰病碌碌厚顔已多有名即得引
去矣未果談款初寒以時慎愛不宣某再拜知郡子

容學士足下十一月一日

與杜正獻公 慶曆[illegible]年 見英辭類藁

某頓首啓仲秋漸涼伏惟致政相公尊體起居萬福前者所遣人還伏蒙寵賜書答因得備問起居之節進退之宜私心喜幸何可勝道淮南歲旱飛蝗羣下來自淮泗至秋著毒不解不審治汴如何更望順時倍保尊重

又 慶曆[illegible]年 見英辭類藁

某頓首山僻少便闕於修問伏惟台候萬福進士曾鞏者好古為文知道理不類鄉閭少年舉子所為近

年文稍與闕後進中如此人者不過一二閣下志樂天下之英材如輩者進於門下宜不遺之恐未知其實故敢以告伏惟矜察

書簡卷第二

與杜正獻公第一帖 尊候一作尊體

第四帖 當時欲欲字疑

與呂正獻公第三帖 瞻邇一作瞻近

與曾宣靖公 幾廢絕一作幾至廢絕 手誨一作手教 事起多端一作事紛然多端

與孫威敏公第二帖

請早一作早請

與蘇丞相第三帖

思渴此下一有多愛多愛某再拜手容足下十一月一日一十六字下簿知不安來今應安也見且伸意帖後又有此一十四字

與王文公第一帖

得相見三字一作得書

書簡卷第三　　歐陽文忠公集一百四十六

與趙康靖公 叔平 至和三年

某啓辱教并高郵二書不勝感刻足以仰見仁人之心惻物垂憫之深也方欲專馳人去請時暑重煩揮翰来旦併伸面謝人還姑此

又 至和三年七月

某啓累日阻拜見不審尊候何似其爲水所渰倉皇中般家来唐書局人爲皇城司所逐一家惶惶不知所之欲却且還舊居白日屋下夜間上柎子露宿人生之窮一至于此人馬隨多少借般賤累幸不阻

又嘉祐四年

某頓首啓初夏已熱不審動止何似鄆去京師不爲遠而叔平在外宜日走訊問候與居而動輒逾時雖云人事區區實亦可責也某昨衰病屢陳蒙恩許解府事雖江西之請未獲素心而疲僶得以少休豈勝感幸卜居城南粗亦自便自在府中數月以几案之勞凭損左臂積氣留滯疼痛不可忍命醫理之迨今未愈天府孰不爲之獨衰病者如此爾東平風物甚佳爲政之暇想多清趣更冀爲朝自重以俟嚴召遞中謹奉此有懇如別幅

焦千之秀才久相從篤行之士也昨來科場偶不曾入其人專心學古不習治生妻子寄食婦家遑遑無所之往時聞鄆學可居所資差厚可以託食而焦君以郡守貴侯難以屈迹今遇賢主人思欲往託竊計高明必亦聞此但恐鄆學難居今已有人爾若見今無人則焦君不止自託其於教導必有補益亦資爲政之一端也更在高明詳擇可否俟有寵報決其去就也謹於遞中布此懇

又同前

某啓久不奉狀乃以今夏暑毒非常歲之比壯者皆

苦不堪况早衰多病者可知自盛暑中忽得喘疾在告數十日近方入趨而疾又作動輒伏枕情緒無悰深思外補以遂初心而唐書不久終篇用是更少盤桓侍祠既畢當即決去形容心志皆難勉強矣焦秀才事荷挂念方走淮南欲挈家而其婦翁作省判遂被留連勢不能去然渠感愧非一也其久欲作書屬病今猶居告自叔平兄去後子華作憲遂鮮歡

又 同前

某啓近嘗奉狀秋雨早寒不審尊候何似昨辱書言郡封不安勞慮醫藥數日前聞果不起伏惟哀悼之

懷何以堪處無由陳慰徒用瞻仰叔平素喜浮圖之說死生之際固已深達茲顧未能頓至無念諒用此可以少寬哀苦之情爾交游無以爲言聊以此塞悲奈何奈何奈何更希爲國自重也謹於遞中附此

又嘉祐五年

其頓首啓伏承榮被制書入司天憲中外欣愜以謂肅政綱以重朝廷於茲有望焉至於朋舊又喜來歸獨不得親款宴言以爲恨爾竊計旌旆已及郊畿無由瞻迎溽暑惟爲國自重

又熙寧二年

某拜拜自承榮遂挂冠之請日欲馳賀而病悴無堪事多稽廢其如不勝欣慕瞻仰之誠也即日隆暑伏惟台候動止康福竊惟宴間之樂大愜雅懷回視塵瑣必深閔歎也某衰病日增尚此遷延爲愧不淺然亦不晚必能勉追高躅也瞻見未涯惟冀順時加重

又　熙寧三年

某衰病退藏人事曠廢理無足怪然亦不承問不勝傾馳屢得君貺書及見唱和新篇粗審動静喜承台候萬福鄉嘗辱許枉顧雖日企竚乃出於乘興不敢坐邀然又思穎之請決在此春若得自乘一鹿車造

門求見亦未爲晚未間春暖惟冀以時衛重

又 熙寧四年

某啓自退居杜門人事幾絶養成踈慵稍闊拜問塗中忽辱書頃慰牢寂兼審經寒尊候萬福某衰病如昨目足尤苦殊不少損兹亦老年常態爾閑居之樂無待於外而自足處多惟朋舊相從爲難得自安道得請南臺竊思二公物外得朋之樂不勝羨慕所承寵諭春首命駕見訪此自山陰訪戴之後數百年間未有此盛事一日公能發於乘興遂振高風使衰病翁因得附託垂名後世以繼前賢其幸其榮可勝道

哉在公勉強而成之爾餘具別紙

與馮章靖公 當世 嘉祐三年

其頓首區區久闕致問中間辱書爲感何已冬寒伏惟台候萬福某以衰病期思一作得一小郡養拙三二年間謀一歸老之地此願未獲遽被責以吏事精力耗竭何止彊勉不出歲末春初當有江西之行矣薛親幹敏河東風土民間事緒可以詢問得佐幕府甚幸甚幸某爲目疾爲梗臨紙草率惟冀鎮撫外以時爲國自重

又 嘉祐四年

某啓自承移鎮合肥嘗一得奉狀其後區區吏闕附問不審酷暑以來尊候何似廬在淮南爲劇郡竊惟下車布治之初當少煩條教既而可樂之趣則有多於他邦也伏惟視政之暇爲時自重佇俟來歸以慰士大夫朋友之望

又嘉祐五年

某啓伏自移鎮肥上嘗一奉書忽已踰歲續雖之馳問然瞻企之勤則未嘗懈也即日春寒不審尊候何似某以衰病無堪自解秩天府於今一朞正以唐史殘編爲累今幸成書不久進御遂當南去世事老來

益有可厭者矣自當世治肥然大率諸相知皆云不得書某亦以地僻少有來使得詢動止朝廷公議與交親私望皆願還歸未間向暖惟冀爲國自重

又 同前

某啓昨自罷煩劇卜居城南少獲休息然猶此盤桓未遂決去正以唐史將遂終篇然亦不過秋末時事爾廬去京師不遠計可備聞難於紙筆具道也當世據名藩優游文史自足爲樂其餘一付公議但朝多賢士而獨在外與相知之私立欲公來歸之速爾某衰病俱攻去心甚速諸公察其實然而未肯決然放

去柰何柰何原父雖歸子華作憲朋友益蕭索當世尚壯及時讀書行樂此外稍隙時當得數奉問大熱更冀自重

又同前

其啓自承移鎮金陵遂踈奉問經畧窃惟體履多福江山之勝實足以資清興而賢者久居于外豈朝廷之意哉朋友區區之私又可知也某衰病迫於歸計唐史奏御遽陳危懇而未蒙聽允進無所補退不獲志負愧周行不知所措一作處相見益無涯惟爲時自愛以副瞻望

又同前

其啓自成書請外所陳哀切冀以危誠有以感動而二三公過爲顧慮曲以見留在意實厚於計則非便也柰何柰何本欲爲郡下客少溷主人復未可得然使少遷延終當必償夙志也濟叔窮居得當世在鎮必以慰意不久當應稍起此公議久所鬱鬱也前承惠碑多佳者甚濟編録感幸感幸聞金陵有數廳梁陳碑及蔣山題名甚多境内所有幸爲博采以爲惠實寡陋之益也病暑草率

又同前

其啓承惠寄碑刻既博而精多所未見寡陋蒙益而私藏頓富矣中年早衰世好漸薄獨於兹物厥嗜尤篤而俗尚乖殊每患不獲同好凡如所惠僅得二三固已爲難而驟獲如是之多宜其如何爲喜幸也濟叔公議猶屈乃吾徒之責未嘗少忘于懷而造物者第與衆人同爲嗟歎而已豈賢人君子亨否有命殆非人力能致耶雖然敢不竭力辱諭感愧感愧承專遣人至數召問其還期每云有故未歸遂且於郵中附此候渠行別當奉狀也

又嘉祐六年

某啓衰病碌碌無所稱徒負愧耻區區強顏人事廢曠久闕致問但深瞻企昨承進寵經筵而尚留居外未足以慰士大夫之望實非交游之私論也辱惠書承經暑涉秋動復清安江山英勝聊助公餘之興未嚴召間希爲國自重

與王副樞景彝　嘉祐五年

某啓自承軒騎歸止屬以多故未克祇謁暄和竊審氣體清安適辱簡誨兼示鄭州書信等偶在院中定題不時爲答深所感愧謹馳此爲謝幸加恕察不宣

某再拜景彝舍人　閣下八日

與王懿敏公 仲儀 嘉祐二年

某啓：數日之間，併承寄惠瀰粟，雖不得書，亦喜粵候萬福。某居此如魚鳥之池籠，歲律忽已遒盡，衰病日復侵攻，交游多在外，塊然處此，情緒可知。今日得蔡大書，言久病，近方就安。人生聚散憂患，百端相見何時？况開年決求南去，遂益爲胡越也。惟以時自重。臨紙區區。

又 嘉祐三年

某啓：稍不附問，新春尚寒，不審尊體何似？歲月不覺又添一歲，目日益昏，聽日益重，其情悰則又可知。嚮

者公廨錢事知已息就令不息徒喧噪入耳何足恤
也邊州無事誠爲可樂然俗吏亦不能也近來班著
蕭條群賢在外皆當召歸而議者不及衰病思去又
亦未得守常不變其弊乃爾其他時事不能悉具惟
過年益區區但時與韓三吳大相從爾燈夕却在李
端懿家爲會諸君皆奉思也數數附回州人書皆不
親付常意不達今偶此人取書適在家湖柑閑寄數
十箇去到彼得三四不損尚可表意若遂無可入口
亦無如之何也不罪不罪因人幸時惠問

又嘉祐二年

其啓昨日自貢院出得所寄書伏承春暄氣體清福兼知深樂北土之善爲郡處處皆佳況此帥府雄盛邊鄙無事固足以優游也某昨被差入省便知不静緣累舉科場極弊既痛革之而上位不主權貴人家與浮薄子弟多一作爲在京師易爲摇動一旦喧然初不能遏然所得頗當實材既而稍稍遂定去冬求洪井未得便差主文今既喧噪漸息遂復理前請期於必得也中年衰病尤甚自出試院痛不能飲人生聚散安能區區於此進無所補退又不能自遂荏苒歲月有甚了期其他非筆墨可述惟爲國自重因人時

枉問以慰無憀

又 嘉祐三年

某啓自承有益都之命，必謂來朝，當得相見。不意遂爾西行，實增怏怏。又聞關遠，却於沿路盤桓，深欲奉狀，以莫知旌旆所止，不審即日春寒，尊候如何？計以仲春至鎮。在路亦不久留，成都風物非老者所宜，仲儀雖爲同甲，然心意壯鋭，諒可爲樂。難以病夫忖度也。諸賢在外者爲復來歸，獨公遠去，相見何時？其非久於此者，然素志未遂，心往形留。因指使來辭，得附書，新春爲國自重。

又嘉祐四年

某啓自去歲秋冬已來益多病加以目疾復左臂舉動不得三削請洪諸公畏物議不敢放去意謂寧俾爾不便而無爲我累柰何柰何然且告他秖解府事必可得不過月十日且得作閑人爾少緩湯火煎熬有無限鄙懷不能具述薛婆老亦多病於錦繡無用秖是兒婦輩或恐有所要臨時奉煩爾土宜歸日惟好且當正如寬厚之說也呵呵酒絶喫不得閑仲儀日飲十數杯既徒羨又不能奉信蜀中碑文雖古碑斷缺僅有字者皆打取來如令秖見此等物粗有心

情餘皆不入眼也遞中續得來書京師自立春泥雪至今凍扉橫路遂罷放燈經節不敢過諸人皆云寂寞恐知恐知知踈拙無佳物表意不怪不怪

又　同前

某啓昨在府中區區不時奉問理不爲怪自罷去益忽忽度日不能爲一事公私俱廢此所以日夢雨歸視居此如桎梏之思脫也自仲儀到蜀未嘗承問但時見宅中子弟問動靜云起居甚安異方下車必煩條教計今人情習安粗可以爲樂矣因書幸示其昨在府几案之勞氣血極滯左臂疼痛強不能舉罷居

城南粗得安養迄今病目尚未復差厭苦人事實不能支秪候夏秋唐書了成䙡却梅二遂決南去未間時得奉問夏熱爲國自重

又同前

某啓區區多故久不附問不審尊體何似自春中曾一奉狀尋於遞中見答昨見公謹云得仲儀書怪某久無信蓋亦未嘗得仲儀書也但聞蜀人與自西歸者言善政日新兩川蒙賜聞之竊喜大用之有期也某盖多病目昏手顫脚膝行履艱難衆疾並攻唐書已了秪候寫了進本遂決南昌之請自此可圖一作

靈處矣京師事體亦迫促動有嫌忌無復縱適歲暮索然殊尠歡意惟希公外多愛因暇時作數字以慰瞻企

又 嘉祐五年

某啓久不奉狀亦久不辱書惟見諸賢姪得聞動靜前日郵中忽承惠問喜涉夏秋體履休勝深以爲慰也某自罷府又一歲有餘方得唐書了當遠申前請懇乞江西前後累削辭極危苦而二三公若不聞近年眼目尤昏又却送在經筵事與心違無一是處未知何日遂得釋然一償素志於江湖之上然後歸老

汝陰爾昨蒙詔諭俾請假既以地遠暫歸不能辦事又一請假後難更請郡以此不敢但更少盤桓會當有時得歸爾承見問所以略道一二終日區區不曾勾當得公私一事人事殆廢以此不時作書應不爲怪嚮寒爲國自重

又 嘉祐六年

某啓近嘗於遞中拜問辱書承春寒動履佳安兼蒙遠惠佳篇衰病之人豈敢萌心至於自顧惟知憂畏而衆論實可多懼獨見愛之深至於歌詠感愧感愧數十日來茫然未知所爲答問後遂如此其何以免

於罪戾老退之心不敢望有所立以希名譽但厚恩當報爾仲儀何以見教實臣雖不久當發其如遠甚計須夏方得到闕鄙懷千萬不能具述惟期握手爲一笑爾盛作少暇當勉强爲答次因書略道區區餘寒爲國自重

又同前

某啓自春以来私門多故遂闕致問兼承歸騎已東但日冀相見也碌碌於此忽焉半歲思去之心雖切而未有以發近外處相知多見問以求罷太速不知何以傳此豈中外人情已欲其去邪不相見數年人

事百變前夕清卿之室已與檡之共牢而食士夫聞之莫不竊歎富貴浮名何可久恃至於妻子亦不能保然盛衰之理固常如此奚足爲之悲也君謨已歸皤然一翁病勢自到京來頓減前日與余廣州在縈齋閑會坐中相顧歷道諫院中語笑但奉思爾衰病索然百事俱懶惟故人相見庶幾有少清況爾贍近匪遐跋履之勞更宜避暑慎攝

又同前

某啓人至辱惠以佳篇豈勝珍誦益見治煩餘暇猶能及此弊齋有菊數叢去歲自開便邀諸公比過重

陽凡作數會今秋無復一賞軒裳外物爲累於人細較其得失何用區區自仲儀與數公自外歸甚思少奉從容殊未有暇今有會亦不放曠可歎可歎值夜且奉此爲謝

又同前

某啓區區不得數奉言宴可勝瞻勤昨日以疾病發動請告家居不知賢郎寵過今日見二公言請許此實仲儀附就秉鈞者當以爲漸爾然佳郡不遠且少盤桓聊爲偃息也某衰病漸不能支更見楊樂道長往同甲勾落太半矣深思一作璽處未有去端爾客

多偷隙作此簡鄙懷欲述者多不覺忉忉

又同前

某啓近以口齒淹延遂作孽兩頰俱腫飲食言語皆不能呼四醫工並來未有纖効聞仲儀有蜀中真山豆根乞一二兩病苦加以飢損蕭然瘦卧不暇及他不罪不罪

又嘉祐七年

某啓少别忽已更月秋氣漸清竊惟動履勝常受署方初宜少煩條教吏民既已蒙惠則湖上清曠浩然放懷可以遺外世俗區區可憎之態至於憂悲煩惱

亦自以理遣之某竊位於此不能明辨是非默默苟
且負抱愧恥何可勝言獨於朋友之間常懷區區之
願如此而已謹奉啓咨問

又同前

某啓自别日欲致問而公私多故賢郎訪及得聞動
静則云甚安昨日公謹相過廼云近少違和豈非追
感悲戚使然邪此事實難遽遣其如無可柰何當推
以至理不得不少自寬釋也竊計即日悉已平愈如
常不勝瞻想之誠也某至今猶爲風毒所苦情緒蕭
然不知名宦何處爲好合宫禮近日益牽忙不勝勉

強也其他區區臨别亦嘗少道祇得如公西湖之樂一二歲比謀成歸計遂爲田畝之人矣難信之言不敢爲疎者道也相見未期但增引領因風枉問以慰勤企

又治平元年

其啓公私忽忽久闕奉狀蓋以衰病交攻心力疲耗而憂責無涯日苟一日是以百事皆廢於因循然亦久不承惠問但屢見賢姪賢郎得聞動静新歲晴和不審尊體何似湖園清曠春物繁榮然尚在遏音必未欲會聚其如閒適之趣幽静尤佳每苦紛勞但深

傾羨也老年相知無幾尺書相問略亦無嫌餘暇何惜數字少慰病翁然以自久無書不敢奉怪也嚮暖千萬加愛

又同前

某啓久不蒙惠問方積瞻思指使來忽辱書可勝欣慰兼審靜鎮安閑放懷取適自非嚮用全福何由及此固健羨之久矣某疲病不支憂責無際自匪獲罪譴困廢不能薄展微効捨是三者未有偷安之計自齒牙浮動飲食艱難切於身者惟此一事既已如此其他復何所得然則勉強於茲顧何戀也因仲儀有

見憫之言乃略及此經春潤澤稍足相去不遠必同
和暖更希爲時自重
與王懿恪公君貺　至和二年
某啓曰思奉問別後人事益多端倪但見邸報知已
禮上秋冷道塗貴眷各安某幸如常昨受命使北初
欲辭免蓋以目疾畏風寒兼多著綿毳衣服不得其
如受勑之日北人訃音已至由此更不敢辭因改爲
賀使行期頗緩正在嚴凝與君貺行時無異也家中
少人照管且移高橋去薛家稍近然公期管勾往來
須及百餘日但得回來耳靜便是幸也呵呵自大旆

西行羣議遂息請無過慮也佳時美景臨觴之樂不可涯得失外物可置而勿問其餘達識以道消息故不待言也

又嘉祐元年

某啓急足至辱書伏承履茲新正台候萬福少慰翹企之素也某尸竊于此思逃罪戾未知其所年齒日增心意日耗歸洛之興何可遏承示許以卜鄰亦一時盛事但須公功業成爾否泰常理亦難稽久豈止交親之願也陽候獨和惟冀以時自愛

又嘉祐四年

某啟：太祝來，得詢動靜甚詳，尋又辱惠書，承經寒導候萬福，門内諸貴愛康安，深浣瞻想。居秦久，議者皆謂當還，不然，遷鎮近甸，應在朝夕。浮議多端，惟静安可以銷弭。修唐史已寫進本，然卷秩多，須數月方了，南去有期，心欲飛動。過年衰病益侵。見諭辯欲加收録，此子庸駑，詎可出明公門下，不忝，何爲誤聽？但與家人大哈爾。徐當議未晚。賢郎在都下，殊之祗迎，悚愧悚愧。漸暖，爲時自重。因賢郎行，謹布區區。

又 嘉祐五年

某啟：近因急足還府，略布謝懇。即日春寒，仰惟鎮撫外台候萬福其尚此遷延又見春花益盛第以目病眩晃不勝飲酒鮮悰爾不審大府花時如何憶曩在彼不甚盛也前承問及石研今且致三枚續當更求佳者咫尺瞻企惟以時自重

又嘉祐六年

某以衰病碌碌無稱莫塞咎責徒自爲勞區區久不奉記屢見家人得書承夫人尊候微有違和兼知來召夏醫方欲馳問太祝遽至得聞子細喜已漸安兼見過容言花時名園數有家會聞之益用爲慰某自過年兒女多病小女子患目殆今未較日煩憂煎前

日太清賞花省自入館惟景祐之會以選人獨不與殆今二十五年始遇兹盛事是日兼承見寄絶品雖有已凋者然所存不勝其麗見之病目開豁勉强飲歠酌以當佳惠閑恐知也見太祝言來擇壻兹事難於倉卒宜精慎也多日欲作書適聞有專人立草此其他諸懇俟太祝歸時致狀

又同前

某頓首近於遞中嘗獻拙句急足遽至承賜手書兼惠新笋併增感愧竊審春和體況清福晉明寺卅年前亂道宜爲削去以藏醜拙晒蒙刊著何以堪之眷

旱差遠京洛飢民亮煩賑卹計亦不廢行春也其忽
忽少貺真蹟此寫如第未能遂去餘無可言爾薛司勳過
府下事有可詢當得其詳惟以時爲朝自重不宣某
手啓上留守尚書學士 清明日 京醞二器聊表意但
患人力難致偶薛君有卒擔之爾

又 同前

其頓首啓自薛司勳行後更闕奉狀見家人得十四
姨夫人書竊知近苦牙痛道家修養先於固下不宜
有此疾然此患中年以後人皆有之患者醫方亦多
難得効某數年來頻以爲苦用藥多殊未有驗近於

張唐公處得一方他言親用有効然亦未曾合今粗
録呈可試用也春旱甚闊遠以貽上心焦勞之慮近
躬禱太一遂獲嘉澤河洛間應已霑足民歲當有望
不審邇日爲政外尊體何如更希慎攝因附藥方遞
中謹此咨問

又同前

某啓謝懇已具如右秋寒台候萬福某衰病忝冒以
寵爲憂自省蹇拙曷嘗敢萌此望人亦曷嘗期此然
事出意外猶竊叨據君貺材望德業三十餘年一日
歸副具瞻以快士大夫之願老朽之人當在汝陰田

畝與農夫野叟相賀人事固常如此所示排擯曾何之恤矧洛政善譽初無間言也恐知之以新恭命人事紛紛致謝稽晚皇恐皇恐

又同前

某啓自叨竊非望嘗於鄣中致謝懇即日冬候邃爾凝寒仰惟動履清福某勉强衰病才薄寵盃損必隨之親朋見愛何以爲教有望有望見家人言十四姨夫人非夕違和喜已平愈公期由此專去省候鄣懷區區因話一可詢問凡諸委瑣不復煩言歲晚慘慄惟以時爲國自重

又 治平元年

某啓嚮自遭國卹公私事緒既多而衰病之年憂哀並集餘生朽質殆弗能支顧於人事曠闕交親宜以相寬自春不常拜問然昆弟多在京師薛九與二夫人書信時時獲聞動止即日秋暑猶盛不審寢味如何朝家方恃羣賢共此康濟邊寄雖重難恐淹留未候見間惟以時為國保重

又 治平二年

某啓專人至辱手書承履此春和台候萬福某衰病眊然思一藏拙之地未能遂心日夕勉強不勝其勞

其餘章悉如常承示諭請覲尚未見奏削安道特地以親爲辭必留滯旌車然辭宫亦當俟報爾適以私家少故牽忙作書不周謹惟爲朝自重以副區區

又治平三年

其啓近併捧遞中專人所惠三書竊承經暑台候萬福貴眷康寧粗慰瞻企諭以請洛之意甚詳自公留滯于外士大夫之論鬱然而當職者負慚與責久矣今兹所請在理何疑諸公諒不煩丁寧某又可知也有欲知者私門所便備問及爾亦已盡諭但奏削尚未至爾某春病薾然昨屢乞懇以經此誠辱於國體

非便第顧勢未得遽去以此強顔成何情況事有所激實如來諭其諸多端匪遠可以面叙本末餘當續報惟酷暑爲時自愛

與執政 熙寧三年

某再拜啓仲夏炎毒伏惟台候萬福某以官守一作守官居外具瞻之地非時不敢通問今迫以懇悃不能自默某衰病累年中外具察不待煩言自去冬漸難勉強遂有壽陽之請而朝恩未許間以接奉春陽攻注眼目服藥過度渴淋復作遂不能支自三月下旬在假亦兩曾奏知不期於病告中忽蒙此恩選事出意

外莫不驚憂竊意朝廷必以居東逾歲別無大過遂以爲可委爾其如東州祇是尋常一大郡無兵馬無邊事又幸豐熟其如老病諸事曠廢處自知極多而過往不察其詳反以廢職爲少事此其可笑者也并晉一路外鄰二敵使某不病亦不敢當況瘁悴不能策勵已具劄子細陳乞免此誤恩敢望台造察其誠實其餘區區常談難信之語更不復云惟早賜允俞免再三煩瀆則大造也不宣

書簡卷第三

與馮章靖公第五帖 獲志一作獲心無涯一作未涯

與王懿敏公第五帖 古碑斷缺一作古而斷缺疎拙二字上一有性字

第十帖 清況一作情況

與王懿恪公第九帖 致謝懇三字上一有略字

第十一帖 牽忙此下一有人還二字

第十二帖 自愛一作愛重

歐陽文忠公集一百四十七

書簡卷第四

與余襄公安道　慶曆元年

某頓首再拜啓爲别五六歲未嘗一日不企而南望然某携老幼浮水奔陸風波霧毒周行萬三四千里侍母幸無恙其如頑然學不益進道不益加而年齒益長血氣益衰遂至碌碌隨世而無稱耶安道又不幸丁家艱窮居極一有起字起居安否不通於朋友況欲施於他耶嗚呼天果欲窮吾人乎承不久服除當早治裝以少解積歲區區之思廣文曾生文識可駭云嘗學於君子略能道動靜因其行聊書此爲問

與王文恪公樂道　慶曆八年

某啓。至節方欲拜狀，遽辱惠問，感愧感愧。新陽納慶，奮發賢藴，以澤斯民，不勝祝願也。某近以上熱太盛，有見教云：水火未濟，當行内視之術。行未逾月，雙眼注痛如割，不惟書字艱難，遇物亦不能正視，但恐由此遂爲廢人。所憂者少撰次文字未了爾。恃相知，敢布。深寒保重。

又　皇祐初

某頓首啓。昨日州吏行，嘗奉訊。徐君來，具道相見甚慰所懷。某此幸郡小事稀，苟見惡者稍息，心此亦安然矣自到此公私未嘗發尺牘惟有書來即答餘外惟自藏於密但時有一二文字此事吾徒斷不得爾進取不可干大禍患當避自餘愛惡豈能周郵也到此極無事所恨漸老益懶墮空過日月不曾成頭段著得此文字五代史近方求得少許所闕書亦未能了人生多因循已十三年矣足下幕中苟有著述無惜寄示李習之文字序附上冬冷保重

又 嘉祐四年

某啓區區久不附問人至辱書具承動靜康和姑以為慰某衰病處此數月不爲佳計遇事在目前者遣

之以自免過其他如在郵傳也自期以半歲求解復尋江西前請比可得亦須來春矣此外毀譽都不曾問十年不曾燈下看一字書自入府來夜夜燈下閱數十紙目疾大作一月之内已在告如此安能久於此乎承書果亦以此見憂眼稍開得纔兩日猶在告中惜目力又不可不自書草率保愛

又 熙寧元年

某啓自承大旆臨許吏闕拜問蓋以衰病無悰人事多廢恃賴相知不以書信疏數爲意爾人至惠教益荷勤眷兼審經秋尊候康寧併增感慰氣節嚮寒未

召用間惟冀爲時自愛以副區區

又同前

某啓病目艱於書字咫尺闕奉狀蒲支使者過府下云得請見顏色尚覺清瘦辱書承手足遂已輕安其慰可量公之功在朝廷不淺所蘊未施萬一頴田譲置之爲他日計亦無害累嘗具此獻説爾某以決計止在來春亮可奉爲徐求也人事日新閑處尚有所聞然益覺静勝爾日夕欲奉狀續當馳啓茲不具悉餘乞慎藥食以自輔也

又同前

某拜啟近急足自府回辱書承此初涼動履清福甚慰勤企兼審中間小疾爲苦喜已平和仁政清簡歲豐民樂亮足頤神某衰病難名凡老患或耳或目不過一二諸老之疾併在一身所以歸心不得不速也蒙惠藥方益荷意愛已依方合和也咫尺未涯瞻款惟時自愛

又 熙寧三年

某啟某以闕僻養成懶慢久闕拜問專人辱書感慰局已某此幸藏拙極遂優安其如衰病侵淩加以私門煩惱無復情悰亮由福過災生致此爾所以量分

知止切於思歸也咫尺莫奉宴言歲暮隆寒伏冀爲

時自重

又同前

某年齒日加衰殘日甚理所宜然不足多怪昨者蒙

上哀憐信其實病免弁得蔡恩出萬華兼去頻數程

便於歸計再尋前請不遠朝夕承樂道亦有卜居許

下之意柴車藜杖歲時往來此自一段　事古人難

遂蓋公素蘊未施盛年方壯也若某則實難策勵爾

又熙寧四年

某啓昨蒙上恩閔其衰老許遂退休自杜門里巷人

事幾廢，以是久闕致誠。而雅眷不忘，惠然垂問，誨諭稠重，以慰寂寞，於交情乃見之時，以勵俗風義，所及其利博矣，非止病夫之荷德也。感愧感愧。兼審經寒台候萬福，閑中優幸實多。但交親益難會見，此爲區區。歲晚凝冽，惟宴居頤養，以需復用。

與滕待制 子京 慶曆五年

某頓首。自夷陵之貶，獲見於江寧，逮今十年。而執事謫守湖濱，其亦再逐淮上，音塵靡接，會遇無期，則人事之多端，勞生之自困，可爲歎息，何所勝言。急步忽來，惠音見及，伏承求郵民瘼，宣布詔條，去宿弊以便人興無窮之長利，非獨見哲人明達之量不以進退爲心，而竊喜遠方凋瘵之民獲被愷悌之化。示及新堤之作，俾之紀（一作記）次其事，舊學荒蕪，文思衰落，既無曩昔少壯之心氣，而有患禍難測之憂虞，是以言澁意窘，不足盡載君子規模閎達之志，而無以稱岳人所欲稱揚歌頌之勤，勉強不能以副來意，媿悚愧悚。秋序方杪，洞庭早寒，嚴召未間，千萬自重。

與章伯鎮慶曆五年

某頓首。山郡僻絶，不與人通，每辱誨問，何勝感愧。某材薄寵過，得禍甚輕，獲此優安，至爲天幸。伯鎮尚淹

江郡忽已踰年大享有時先以小抑亦通否之理然也惟冀自愛以副瞻禱

又 慶曆六年

某頓首州幹至蒙問以書承此新春福履休裕詩文新作金石交奏某處窮僻不接先生長者之論久矣忽然得之開發鄙滯況得見其人接其道其樂宜如何哉此志未諧惟用瞻企保重保重

又 同前

某頓首急足至郡辱誨以書承臨郡之暇寢味休適可勝瞻慰也示及傳記三本文偉意嚴記詳語簡而

賞罰善惡勸戒丁寧述作之功正爲此爾欽服欽服

某幸閑僻甚可尋繹然獨懶於撰述爾嘉話未卜冬冷千萬保重偃虹隄記滕侯牽強不意敢煩餘暇特與揮翰荒惡之文假飾傳久感媿感媿

又皇祐元年

某昨以目病爲梗求潁自便養慵藏拙深得其宜泛舟長淮脩然其樂急足遠至辱書爲別且承春暄寢味多福相去益遠瞻望徒勞千萬保重

又同前

某自聞子美之亡使人無復生意交朋淪落殆盡存

者不老即病不然困於世路愁人愁人就中子美尤甚哀哉祭文讀之重增其悲爾盛作侯至西湖方快吟味淮陽若區區到彼必少祛俗慮尚可勉強以攀作者惠茗正爲所少之物多荷多荷自病來絶不飲酒尤爲無聊正藉此物以增清興爾

與王郎中道損　慶曆八年

某啓向在河朔嘗辱書爲誨人事多故未暇復問尋而又聞子野之計值某遷郡淮南扶挈老幼凡再登舟再出陸始至弊邑用此亦未暇與交游相弔子野之賢難得此天下公議共惜之若相知之難二字一作與相

得則其私恨亦有萬萬不窮之意若事若事自古賢者無不死惟令名不朽則爲永存矣凡朋友爲予野痛惜者惟可以此一事自寬而已范公誌文詳悉而實録甚善甚善新歲伊（一作甫）始千萬保重以慰瞻詠

又 嘉祐三年

某啓專人至辱書承經寒爲政外福履清康實慰瞻企某衰病不支遽蒙以煩冗驅策不敢固辭其實非所能亦非所樂又非所堪也居華已逾年當别有美用承見諭敢不如教某病目十年遽爲几案所苦冬至後自當請麾南去矣嚮寒保攝

又嘉祐五年

某啓辱見諭碑文及拙詩續當遞中奉寄蓋以唐書甫了初謂遂得休息而却送本局寫印本一字之誤遂傳四方以此須自校對其勞苦辛迫甚於書未成時由是未遑及他事以屢失信於長者不避忉忉承旨塗有日旦夕當詣謁人還且此不能盡所懷

與杜大夫 慶曆八年

某再拜久不聞問經夏涉秋榮侍外體履多福近爲澶魏河決淮南倒令勸誘人户進納梢草淮人既貧而道遠期促絶無應命者朝旨勸誘使人傳宣又令

差定莫知所從南京亦必須有指揮不知本府如何擘畫見勸到人户多少如何誘之孰是差定其才薄能劣受恩厚甚開朝廷以河事爲急正當竭力補報然若於事無益而爲國斂怨於淮人則重爲可罪也爲遠方不知事體急走此奉咨或有勸誘之術願乞餘矩稍濟其急忙中不子細秋凉保重

又 皇祐四年

某啓閑居之人久不奉問得遞中書承縈侍多福又知有悼嬰之戚斯事無可柰何惟當自寬上慰慈顔也臨政之始勞慮想多前曾託姚教授奉問實録蓋

自居憂日苦閑坐無由度景又近日有一閑人頗能裝裁諒彼視事閑決却少暇時以此欲於閑中銷日也不訝不訝及聞近有悲戚則猶不可以閑事干聒深悔前言之容易也悚惕悚惕方欲奉疏偶姚教授介來聊述此冬深保重

與張職方 皇祐二年

昔啓相聚逾年別來豈勝思戀道塗無阻行已及陳時時得兩舟中不熱自過界溝地土卑薄桑柘蕭條始知潁真樂土盍令人眷眷爾小兒輩望見萬壽塔尚指以爲臺頭聞其語不覺愴然爾過陳恐難附書

秋暑多愛

又皇祐三年

某啓：自承遷秩，嘗辱惠書，迫以多故，尋疎奉問。近得康（一作唐，下同）屯田信，方知已授蘄春，且居潁上。即日寒凜，寢味多福。某自至此，以親疾厭厭，無暇外事。欲求一僻地以便侍養，而遠處不可迎侍，側近又多爲清要所居，不敢陳乞。區區于此，無復情悰，非復湖上之時也。未涯相見，千萬自重。因康屯田人回，附此，相次專馳狀也。

又皇祐六年

其啓久不聞問人至得書爲慰不已六月一日從吉得郡必南正值大熱應須秋初方可離潁簞真病與懶者所宜珍荷珍荷丁太博却有書一封幸爲致達斯人文章君子不幸遭此在憂患中難得信問往來早爲達一作送之也縣境有好碑試爲訪之別後所收必多也閑中無物爲信慚悚慚悚

與劉學士 湜字子正 皇祐四年

其叩頭言罪逆餘生護喪假道乃勞台旆枉顧孤窮感愧之誠何以云諭限兹凶斬無由詣見斯又重以爲恨也作遠爲郡自重謹附手疏叙謝

又同前

其啓哀苦中幸得相見辱眷甚厚行計所迫不勝依戀嗣沐手誨併深感怍乍遠珍重行次草草爲謝

與知縣李丞皇祐五年

其啓自相別後至王回秀才來始一得所惠書承居京師無恙其哀苦如昨近擇得葬地在潁西四十里土厚水深略依山水向背其餘陰陽家説皆莫能一一如法也卜用今秋恐知恐知示及杜漳州有事令人感滲不已與之同甲内顧身世可爲凜凜此人有材能而氣儁宜其與監司違戾然怒者秖能言其率

意行事是保無他過矣其閑居無人又不知其所止無處附書信恐知其家屬所居因信切言及千萬千萬徐謝高科今必已決俟見春牓附書也因見伸意其以妻母病家人兒子輩入京相看因得附此不悉已暄多愛不次某再拜

與臨池院主 皇祐五年

某啓小姪人還曾附問邇來暑毒安和其今謀奉太君神柩南歸將遂相見因小姪先行奉此不次某書白 七月十六日 小師等各安建茶二角表信

與吳給事名中復 皇祐末

某啓罪逆餘生遠屏郊外特承顧訪感咽何勝仍沐寵惠雄編俾遂榮覽雖在哀迷亦知開警如嘉州濟井之作有以見仁言之利博而非文字之空言也欽歎一作仰材譽固已有日粗窺高藴益用歎服限以衰制不能謁謝聊叙此不次某再拜仲庶太博執事

二月二十八日

又 嘉祐三年

某啓恩奉清論不可得徒用企想夏熱承體氣佳裕某此者忽有尹命殊出意外不惟才非所長加以他慮不淺昨已懇辭庶可得免如其不獲恐難堅避辱

命誌文鄙拙豈足當之第以欣慕忠義樂於紀次因得附名于石末遂不敢辭爾惶悚一作恐下同惶悚鄙懷區區不能具道某頓首諫院舍人執事

又同前

某啓新令雖許往還尚以職事牽冗未皇祗謁計寔凛體氣清康前承要墓碣久稽應命近因病目在告始得牽強衰朽無意思僅能成文不足以發揚令德慙恐慙恐昏眩不能多書謹此

與李留後公謹至和元年

某啓昨自居潁服除久俟外補既而召見尋乞蒲同

出處倉皇諒聞于外也前日入拜恩旨復留孤生多難鬢髮蕭然心形兩衰豈有榮進之望但區區未能即去爾承坐鎮餘閑甚有清趣然想非久外留當被嚴召老朽或未出鄉尚得一相見則爲幸矣瞻仰瞻仰

又 嘉祐二年

某啓嚮以僑寄僧坊公私多故忽忽爲別豈勝馳情使至惠書竊承下車經寒動履清福粗慰瞻仰某一守經愚儒爾豈堪適時之用加以衰病勉強實難過褈慶得遂一麾爲幸矣公謹爲郡誠可樂然賢者遠

外於今之時勢必難久目疾得静安息慮當益清明某昏花日甚書字如隔雲霧亦冀一閑處將養爾深寒惟望爲時自重

又 同前

某啓自㨗旆之南數於他書中承見問中間寄惠八功德水又辱手書及今者人至又辱書感慰何已兼審經寒爲政外體履清康某自過年如陡（一作頓）添十數歲人但覺心意衰耗世味都無可樂百事強勉而已請外決在今春惟不知相見何時爾鄙懷千萬莫能具述惟以時爲國自愛瞻仰瞻仰

又嘉祐三年

某再拜近因人還嘗得附狀兹者寄水人至又辱書審春寒體況清康兼惠清泉亟飲甚甘實如不疑所品物固有處於幽晦而發於賢哲者兹鄙夫欣慕樂於紀述也適值館伴契丹人使旦夕到闕頗區區須事畢當馳上也人還謹奉此

又同前

某啓自春氣候不常伏惟攝理清康前承惠浮槎山水俾之作記又於遞中辱書久不爲報蓋牽強拙記未成爾其中年多病文思衰落所記非工殊不堪應

命文辭已如此，不欲更自繆書，亮不爲罪。然得子復一揮尤幸，蓋不敢煩公謹真翰也。皇恐皇恐。

又同前

某頓首。急足至，辱書[一有惠字]，承此初暑，尊候萬福。淳槎拙記，託賢弟附去多日，疑其未至，聞此急足發來也。初深欲自書，屢試書數本，皆自嫌不過意，遂已。前書具道，必可亮也。向時竊見議科場奏甚佳，然欲必行其言尤難也。論外計刻剥，此非守道守官君子，孰肯奮然發憤？前額人已受此賜矣。若使常人用心皆如君子，生民豈有弊病，天下豈有不治哉！鄆州還闕，方

一相見京師久雨近方晴乾不審江淮如何向熱以時自重人還謹此不宣某再拜

又同前

某啓自附浮槎拙記去後捧遞中所惠書尋以修報兹者人至又辱賜教某昨承恩俾侍經帷輒以近歲貪多濫選官以人輕遂至學士例爲兼職用此爲説得以懇辭聖恩矜察特許寢停甚幸也承示啓更不修答也感愧感愧某苦風眩甚劇若遂不止當成大疾作書未竟已數眩轉屢停筆瞑目鄙懷區區不可盡惟爲國慎夏自重

又同前

其啓承誨示，至於勤勤。所寄淨稜水味尤佳，然豈減惠山之品？久居京師，絶難得佳山水，頓食此，如飲甘醴。所患遠難多致，不得猒飫爾。此山前世粗有名，然皆因僧居以爲勝，今所記者特水爾，故不及其他也。張又新《水記》與陸羽不同，考於二家之書可見矣。今更録往時所作《大明井記》奉呈，庶可知其詳也。因人入都，小餅時爲致一兩器。千里致水，恐涉好奇之弊，然若不勞煩，則亦無害，更裁之。

與向觀察 嘉祐五年

某啓中間辱書承經暑德履清佳深〻之遐想足下留
遊河朔忽已數年保塞邊要朝廷寄、重行第嘉
績別膺峻用某衰病無堪待罪西府深〻碌碌秋涼
珍愛

又至和元年冬

某啓伏自使旆之西及此兩辱書承祁寒爲政外體
履清福深慰企渴某居此區區近又領三班坐曹牽
冗久闕拜狀仍思舊同局言笑之樂不可復得也請
外閒春決可去未知款奉何日新正以時自愛

與余襄公書文山本

某頓首再拜啓爲别五六歲未嘗一日不思企而南望然某侍老親携孱幼浮江奔陸衝冒風波霧毒之間九行萬三四千里其勞亦甚矣侍毋幸粗無恙其如頑然學不益進道不益加而年齒益長血氣益衰遂至碌碌隨世俯仰而何足稱邪安道又不幸丁家艱窮居極南起居安否不通於朋友況欲施其他邪嗚呼天果欲窮吾人乎承不久服除當早治裝以少解積歲區區之思廣文曾生文識可駭云嘗學於君子因其行略以通動静之問

此帖與本卷者大同而小異載閣本及京師名賢簡啓中疑有改定處與第五卷劉原甫書同說

與王郎中第二帖 爲几案所苦五字上一有此字

與杜大夫第一帖 開決正謂開決汴河閣本作開決乃是常談

與張職方第二帖 寒凜一作寒疑

書簡卷第五　　歐陽文忠公集一百四十八

與劉侍讀原父　嘉祐二年

某啓專介辱書承此嚴寒爲政外尊體佳實慰企想某以衰病當此煩冗已三請江西要在正初必可得艤舟亭次寓目平山奉賢主人清論豈不豁然哉伏冀爲時自愛

又　嘉祐四年

某啓愚家所藏集古録嘗得故許子春爲余言集聚多且久無不散亡此物理也不若舉取其要著爲一書謂可傳久余深以其言爲然昨在汝陰居閑遂爲

集古録目方得八九十篇不徒如許之説又因得與史傳相參驗證見史家闕失甚多其後來京師遂不復作適因尋撿少書籍發篋得其故本謹以奉呈庶知所謂黑鬼者雖老鈍之人媢着然亦不爲無益也家無他本幸看畢見付某再拜

又

某啓區區久踈謁奉辱誨承示千文甚佳多感多感或云此是李靖字唐人集爲千文不知如何也

又嘉祐二年

某啓前承示以蜀素俾寫孝經一章書之墨不能染

尋將家所有者試之亦然遽命工匠治之終不堪用豈其未得其法耶幸令善工精治之使受墨可書當爲汙以惡書也糾察題名不罷以閑事聒耳皇恐皇恐

又此帖綿吉本誤作與蘇子容

某啓暖甚果復作陰嘉節豈遂爲雨邪建寧物論益喧當制之人必被收理後日之遊且不欲往幸爲致意人事之難乃爾烏絲欄依前書不染墨今納還當以澄心紙試書一章塞命也金櫻煎謹送卻乞真牛膝一二束爲聖俞處所得不多爾

又 此帖綿吉本誤作與蘇子容

某啓時色可愛不廢佳節之會謂當得同一笑而原父獨不往人事難得如意固常如此邪得介甫新詩數十篇皆奇絶書此道不寂寞以相告詩軸俟看了馳上適因悶睡起奉答不謹

又 此帖綿吉本誤作與蘇子容

某啓昨日辱寵和惡詩豈勝感服屬上馬赴西園不時爲答前偶拜聞家居未必不佳此語復何所疑蓋爲泥濘中遠赴官會未必若家居清淨然而郊外少車馬雖雨無泥甚不爲勞而物色晴妍深可愛雖病

夫亦動念又思家居未必佳也昨日頗歡飲酒差多

今日病適方睡起謹此咨報

又嘉祐四年

某啓昨日奉見後遂之北李園池見木陰葱翠節物

已移而原父獨不在但終席奉思加以風沙益可憎

爾輒此奉報前承要介甫詩謹以咨呈其一二篇不

當傳者特爲剪去之矣恐知

又同前

某啓數日不奉見餘暑頗甚伏惟起居佳勝昨日羣

牧特會以熱中飲冷過多偶爲腹疾兼以少幹故遂

且在告紙三兩日當即出參特煩問念感愧曷已乾燥非常何時可飲未嘗如此寥落也人還謹啓爲謝

又同前

某啓特辱問念感愧曷已某腹疾猶未平衰年已覺難支以不敢常食遂且在告熱藥不敢多服惟晨起一服爾蓋自家常服者已頑無效冀新功爾承教當節之也亦聞梅二不安方欲致問

又同前

某啓承出城勞頓晚來喜佳裕拙疾特辱問念感愧曷已自夜來益注洩今旦薾然遂召張康診云熱中

傷冷當和陰陽偏用熱藥所以難効遂以黄連乾薑之類爲散服之近午差定亦戲家人云近日人脆事須過防昨日得聖俞簡云小小傷冷然用徐青乃俚巷庸工爾此公多艱滯更當慎攝今須馳問之也精神稍復承見問不覺書多聊代面話

又嘉祐五年

某啓辱問以嬰兒未安勞神然當更審慎藥食有張萬回太保者其術又精第難呼爾不憚慇懃召之也某今日不入正爲凌晨稍涼爲江氏作誌幸語其家勿相煎兹事安敢奉誤旦夕當得以方牽強不能悉

又 同前

某啓：承見諭，某爲之翰家遣僕坐門下要誌銘，所以兩日不能至局。大熱如此，又家中小兒女多不安，更爲人家驅逼作文字，何時免此老業？東齋雖狹，若心無事，可以坐致清涼，健羨健羨。華事十六日定力當奉見，併得敘盡所聞也。人還，謹此。

又 嘉祐四年

某啓：熇然炎爞中，方不知所以逃生，忽辱寵示佳作，強起疾讀，其爲清快，難以言傳。然賦無屬和之理，但當卧誦以代飲冰咀雪爾。其兩日爲伯庸趣了誌文蓋其葬日實近，恐悞他事。然其為苦不可勝言。閑思宜為劉乂所誚，然自此當絕筆。雖不能如俚俗斷指刺環，邀於鬼神以自誓，然當痛自懲艾茲時之勞也。方執筆得少風，稍清，故能忉忉。不宣。某再拜。

又 嘉祐五年

某啓：適歸自外，捧惠佳篇，豈勝欣感。偶然之會，雖草率而縛於文字，遂為他時故事，茲敢不勉也。然西齋素患寂寞，近方稍葺，而原父去此稍遠，此俗所謂事無恰好也。

又 同前

某啓：自原甫既西，雖不爲官制所拘，朋遊亦自寂寞。況遂當憂責，屨畏塗，其爲情況可知。偶思春物將動，故都多佳致，爲樂豈復可涯，汩没聲利，惟溺惑者不勝其勞，而但見其樂。粗有識知，兼以衰病，此事難爲他人道，獨不知原甫諒之否？因風幸數垂問，以慰瞻企。

又嘉祐六年

某啓：自春首以來，兒女輩疾病，日益憂煎，自顧無補於時，而衰病日增，咎責四至，其何以堪之。惟思春物爛然，故都遺勝不可勝覽，而公專有之，猶恐猒飫所見不以難得爲惜也須知有不可得之者也賢弟亦稀相見蓋難得盡從容之適爾公自至鎮一嘗辱問遂絶惠音不知何嫌遽爾見踈也西齋塵土無復人迹偶困連日假故試尋筆研略布此誠以此亦可見其爲貺真蹟用此貺字也其他俗事可憎不復多道但布瞻企之勤爾氣候猶未和暢不知西路如何惟爲國自愛某衹拜　初望西物甚衆今寸紙一字不可得況南山竹萌之類耶至於新詩醉墨並棄前約無乃太甚乎

又與前帖相類疑是稾本今兩存之

其啓自春以來苦兒女輩疾病憂煎百端遂闕馳問然亦怪久不承惠音不審何嫌遽見斥外始望西州之物甚衆今一言寸紙猶不可得況於其他乎某老拙無堪自顧恐終無所爲以補萬一而衰病日增咎責四至其將柰何春物爛發故都遺蹟不可勝覽但恐猒飫朝夕不以難得爲可惜須知有羡而不可得者爾賢第亦稀相見蓋不能得如往日與諸賢忘形取適爾西齋壟上無復人迹幸連日假故略得少布區區然公方享清閑之樂不宜無暇於故人也其他俗事薄惡可不挂耳惟向暖多愛以慰傾企 得予

華書言西去當於陝雍留連果能如此否手指拘攣又添左手兩目僅辨物其餘可知

又 同前

某頓首啓近覓郵王職方行嘗得附狀然亦久不承惠問春候猶寒不審動履何似但深瞻詠前日崇政賜進士第見賢郎在高等伏惟喜慰某已衰病三四小子未有能獲薦于有司者見之亦所羨慕賢郎程文甚工爲都人傳誦及第等雖高而人猶以爲未稱然少年微抑于此未必不爲遠大之本也謹專致此爲賀不宣某再拜原父安撫侍讀閣下 三月十一日

又　同前

某啓久不奉狀蓋欲俟賢郎歸而賢郎未歸遂以稽
緩然亦未嘗辱書不審經暑動履何如但西州人士
之來者日載政聲盈于都下使嫉善之言不勝公議
聊俾下交快釋其餘存之遠大竊計高明必不校[illegible]
於胥胥也餘復何言盛熱爲時自重謹因賢郎歸奉
此咨問不宣某再拜　六月廿一日謹狀

又　同前

某區區於此忽復半歲思有所爲則方以妄作紛紜
爲戒循安常理又顧碌碌可羞不知何以教之哀其

不逮實有望於公爲多也至於常檢拘攣野率之性尤以爲苦然勢難輕動甫及年歲得去爲幸也蔡君謨自南歸皤然一叟相見惟互相驚歎而已西齋自去冬遠令遂不復啓其他可知也故都多登臨之勝新詩醉墨時以爲惠以忘俗惡之態於理似未爲害不知何避而何嫌鄙懷千萬居常思欲鉅細布之臨紙則復茫然惟慎夏愛護

又同前

其承見教以用快大過此誠中其病然平日所常患衆君子多以爲言者也若任責至重未知所爲此有

望於公者初未蒙賜也至於簡事爲實爲政之大要此西人所以蒙惠也若曰外名迹自古聖賢所難莊生之名卓然見於後世若使無迹後世學者何從而師法之蓋莊生之名以彼周孔之名以此皆不能出名迹之外者第不當汲汲以求之爾不相見久聊此當握手一笑不罪不罪前日餞聖從與景仁介甫清坐終日奉思之外惟以鮮歡相顧屢歎而已恐知其近況故輒及之公來歸未期惟時得數字猶足以爲慰豈以無事爲煩邪

又同前

某啓：薛金部自西來，辱惠以書，承經寒體履清安，兼得詳問動止，併以爲慰。今歲京師寒甚，衰病之軀尤所不堪。承諭閑閒無爲，豈亦苦於寒耶？春物將動，竊思登臨之樂何有窮涯。因人時枉問，宜道一二。偶薛人還，聊奉此。不宣。某某再拜。十一月二十日。

又嘉祐七年

某啓：春氣暄和，伏惟鎮撫之餘，履況清適。某以衰殘勉強，有勞無益，公職曠廢，私事不修，不獨於書記爲闕也。緬懷故都風物之佳，當此陽春暢發之盛，臨觴覽勝，宜不爲猒。蓋以賢人在外，公議難安，一日來歸

致問昨日進奏院送九月十五日所寄書竊承動履清勝兼復惠以古器銘文發書驚喜失聲群兒曹走問廼翁夜獲何物其喜若斯信吾二人好惡之異如此安得不為世俗所憎邪其窮達有命爾求合世人以取悅則難矣自公之西集古屢獲異文并來書集入録中以為子孫之藏也幸甚幸甚歲律漸寒惟為時自重

又同前

某啓近嘗兩奉狀專人至辱書竊審經寒體履安和兼沐寄惠穌梨新筍豈勝珍荷自去冬以來親舊私

信一皆謝絶獨思公有所惠理可無嫌又聞近申貢餘之禁則應少費宅庫如此屢寄益無疑也節中人事紛紛使還爲謝不謹不宣某再拜原甫經略侍讀執事十一月一日

與蔡忠惠公君謨

某啓辱惠櫻寧翁墨多荷多荷佳物誠爲難得然比他人尚少其二幽齋隙寂時點弄筆硯殊賴於斯雖多無厭也傾聒計不爲嫌矣諸留面叙

又嘉祐八年八月

某啓前夕承惠紅絲硯試發墨若謂勝端石則恐過

論然其製作甚精真爲几格閒佳物也昨日以有文書不敢致簡爲謝李駁還又承惠水清泉香餅數十枚聊報厚貺吾儕日以此等物爲事更老應當澹死租庸遂更作一程無由頫面聊當一咲歐陽脩頓首白三司給事廿九日謹狀

又 治平二年二月

某啓遂爾大暄不審氣體何似承已對謝應已漸治裝無由詣前日劇瞻企荔支圖已令雀懿傳寫自是一段佳事碑文好者前已倒篋今又於柬退中得此數十本勒李駁送上因出過門爲幸不宣某頓首君

謨端明侍郎 二十六日

與范忠文公景仁 治平四年

某啓專人辱書伏承春暄體候清福某蒙恩許解重任得毫便私其爲優幸不可勝述其他諠譁中外所聞大略秖如此故不待煩言惟繫舟府下一見主人而過粗釋瞻思之戀爲足矣人還姑此布謝

與常侍制夷甫 嘉祐治平間

某啓相别之久書問雖闕而思慕盛德未嘗少忘于心不審即日體候何似向蒙寵示盛文一編究味意趣殊發蒙陋珍翫祕藏未嘗暫釋續更有新作苟賜

不鄙無外開示至幸至幸深冬爲道自愛

又

某相別累年書問雖闕而思慕盛德未嘗一日而忘于心不審即日體履何似某碌碌于此國恩未報而衰病日侵進無少補於時退未得幅巾閭巷以從有道君子豈勝區區深寒爲道外自愛因小姪行附此

又 治平四年

某前日承枉顧少接餘論殊不從容朝夕人事稍間當獲款奉未間略布區區茶少許聊助待賓輕浼皇恐

又同前

某啓：嚮在潁，區區僅得一二聞餘論，雖未厭于心，而仁人之言獲益已多矣。自藏拙于此，習成懶慢，遂疎奉問。亮湏幅巾閭巷，杖屨往還，始償夙素傾嚮之心。爾未間，以時爲道自重。因負東人行，謹奉手狀。

又熙寧元年

某啓：少便久疎致問，經寒，仰惟德履多福。某衰病如昨，已再請壽陽，旦夕有命。西歸漸謀休息，必得幅巾衡巷，以從長者之遊，償其素願，然後已也。未間，惟爲道自愛。

又同前

某啓到官忽忽已復窮冬老病疎慵闕於致問雪後清冽體況想佳某幸居僻事簡足以養拙歸心雖切尚少盤桓歘晤未期深寒加愛

又熙寧二年

某啓近小吏許充行奉狀粗布區區窮臘陰雪忽復新春竊惟養道燕居動履清福某此忽忽已數月開春遂尋前請竊謂理盡而無嫌至於幅巾閭巷以從先生長者之遊此實無窮難得之樂爾未間保重以副瞻勤因家兵還謹奉啓

又同前

某啓守官東州，僻在海涘，久疎致問，徒積傾馳。氣候已寒，不審燕居動履何如？其勉強衰病，遷延榮禄，又將及暮歲。物豐盛，盜訟稀簡，粗足偷安。冬春之交，得遂西首，獲親長者之游，不勝至樂。未間，爲道愛重。

又熙寧三年

某啓多病疎懶，稍闕致問。近兒子自潁還，云嘗侍杖屨，喜承經暑寢興萬福。兼審尚以足疾，未副召命。朝廷禮賢之意甚篤，而士大夫延首之望亦勤。然君子出處有道，足以鎮止奔競，敦厚時俗，其功利亦多矣

其尚未得請未遂相從閭巷之間然亦不過一兩月之頃爾時暑爲道愛重

又 同前

其啓霜氣清冷不審燕居動履何似竊承朝旨尚復敦迫出處之際遂爲世法必有以果於自信者其累憒懇至而上恩未俞素願雖稽終當如志瞻仰盛德惟日增勞嚮寒珍重

與沈侍制 遘字子山 慶曆三年

其啓數日不奉問苦暑非常歲之比少壯者自不能當衰病之人不問可知焉辱教承體氣清安甚慰俗

以立秋日卜秋暑多少據今日之勢猶當更猖狂爾

然世言春寒秋熱老健爲此三者終是不久長之物

也介甫詩甚佳和韻尤精看了却希示下

又 慶曆四年

某頓首啓自承拜命欣喜無量而不時馳問者誠以

奔走塞下吏事叢委遲鈍不能迎解非敢有懈幸諒

幸諒知二十四日出京計日必已受事某自保塞回

及中山已三日猶須弁併一作旬方得拜見他悉面賦

也冬寒千萬保育

與王龍圖益柔字勝之 嘉祐元年

某啓中間辱書承冬凛外體氣清康深慰瞻渴益州張侍郎不久當至衰病區區猶須更旬浹始遂休息因欲請補江西爾前蒙示諭京東事備悉早出暮歸臨紙忙迫無暇及他惟新陽自愛前削殊不聞有議論柰何柰何

又嘉祐[illegible]年

某啓急足至辱書承此初暑體氣清和差慰瞻想所云少朋儔宴處爲樂此乃在處皆然何獨濟也京師固多相識然人事區區病患憂煎亦無暇於從容料得常態秖如此也求移能少安之爲善會要深欲續

送上爲付一書吏裝褫遂取不得京師吏人頑慢不言可知勿怪勿怪爲兒子久病羸弱非常人還且此爲謝

又　嘉祐□年

某啓專介辱書承涉夏秋體氣清適暑雨爲孽古所未聞救災卹患事匪一端其言不足爲人信才不足爲時用徒秏廩禄每自咄嗟而已承見諭實當今之實患也其如言之不見信何他非相見莫盡所懷稍寒惟當以時保嗇

又　嘉祐二年

某啓人至辱書承尚留兖寒凝喜體況清佳杜公清節篤行每恨文字不稱不意勝之見愛如此近亦有一二家作誌裴少監家當自寄去明復當歸葬于故里亦可就得之原叔誌續當録去會要爲此中書吏稽遲又且送五册去不憚頻來取也新詩因人乞數篇亂道亦當録呈深寒公外加愛人還草草

又 嘉祐五年

某再拜昨日已入省且喜尊候勝常脚瘡遂愈此正是治内之時亦猶寇賊過後講修武備雖非先見亦所以禦後來之患也吾儕相戒言難取信蓋各自須

有少病痛爾呵呵然非此無以獻忠宰深思也無由相見聊奉此咨問大熱遂如此衰病不能支入夏便患口齒昨日食數大杏今日腮頰腫痛針刺出血不能常食若此是將柰何柰何

又嘉祐八年

某啓前日辱訪别但多愧荷以昭陵虞主未還在欞不當飲酒無由會話少時盍以爲恨承巳登舟節氣遂爾寒凝惟希加愛爲禱集古録序鄙文無足采第君謨筆法精妙近時石刻罕有也薄酒四器聊助待賓不罪輕浼皇恐皇恐

又治平二年

棊啓公私忽忽久闕致誠辱書感慰兼審經寒動履清勝京東物俗比二浙殊絶必稍爲便然久淹于外此在位者之責而朋友蔽善之罪其何敢逃棊竊位于此已六七年白首碌碌初無補報而罪責無量謗咎獨歸自春首已來得淋渴疾癯瘠昏秏僅不自支他人視之若不堪處況以殘骸勉強情緒可知久不通問因書輒敢自道勝之知我必見哀憐深寒事外惟冀以時自愛

又

某啓辱示二詩誦讀數四意趣深遠所謂朋友講習之益正當佩服何謂迂邪然謂賢而能書爲不幸又似過之正宜謂不幸與工同其垂名可也因所示乃知平日論議猶有形迹愚拙所短固多幸當賜教可也苟有未然却當相難正如此然後爲友益矣姑話及此不罪怱怱

又 熙寧四年

某承見諭詩義晚年迫以多病不能精意苟欲成其素志僅且了却頗多疏謬若得一經商摧何幸如之閑居少人力俟錄一二拜呈但慮方居禁職無暇及

此也某目足爲苦秋深尤劇尚賴休閑足以安養餘生之幸

與宋龍圖 敏求字次道

某啓漸暄竊承體履安和旬休日略邀枉顧家飡冀接清話少時必不以容易見罪悚悚

又

某啓伏承遽有子婦之戚莫遑奉慰豈勝馳情暑鬱方熾更冀爲國自重少節悲悼區區瞻祝謹奉手啓咨問

又

某啓多日不奉見秋冷竊承體氣佳裕嘗託裴如晦致懇欲告借少書籍承不爲難今先欲借九國史或逐時得三兩國亦善庶不久滯也先假通録謹先歸納煩聒豈勝惶悚

與梅龍圖 摯字公儀 嘉祐二年

某啓累日瞻渴不審尊體何似唱和詩編次得成三卷共一百七十三首亦有三兩首不齊整者且删去其存者皆子細看來衆作極精可以傳也盛哉盛哉然其中亦有一時乘興之作或未盡善處各白諸公修換也内刑部竹詩欲告公儀更修改令簡少爲幸

緣五篇各不長故也拙序續呈乞改抹來日拜見

與石舍人 楊休字昌言

某頓首啓自到公私冗迫未得一詣門宇乃辱雅意先以顧臨猶未克叙謝其爲感愧何以勝頻手翰見貽副之古刻無限珍佩人還遽此餘當面盡

與祖龍學 無擇字擇之 嘉祐四年

某啓自擇之使還未嘗一得欵奉書局之會幸出偶爾遂成鄙句兼邀坐客同賦雖老拙非工而諸君盛作亦聊紀一時之事謹以附遞致誠當擇之西行猶在齋禁不得瞻遣實深爲恨暑熱道路不審尊候如

何惟冀以時自愛

與沈内翰文通　治平元年

某啓辱書承郝寒動履清休少慰瞻企餘杭德政民俗方期歸厚而遽此嚴召然去思遺惠亦足以在人亮須春水方可還朝會見尚遥更冀爲時珍嗇

答李内翰 缺

某皇恐頓首再拜啓孟冬漸寒伏惟尊候動止萬福進奏院遞角今日到州伏蒙十八日所賜手書審奉聖恩暫臨近服雖朝廷重違勤請不得已而驟闕左右資訪之助其如凋弊之俗爲幸何多某以門下生

爲幕中吏私願以釋不勝榮輝惟慮車馬未飾已被
堅留暫此郡齋即膺召命使下吏愚民徒有企躍依
芘之心而不得終蒙大惠爾伏承消日有期限以職
守一無此十七字不獲躬詣界首候迎卑情瞻望激切之至

書簡卷第五

與劉侍讀第一帖 伏冀一作新春

第六帖 時色一作晴色

第十五帖 恰好也此下一帖承置得懷州牛膝更有盡乞之衰病者遂得取濟於茲物深所望也偏舍冀得奉見以盡區區 [illegible]

第二十帖又别本

某啓區區久欲附問日候賢郎西歸歸甚緩而公私亦自多故然亦未嘗承惠教不審經暑起居如何某待罪于此忽以半歲欲有所為則方以紛紛為戒至於循守常理則又碌碌可羞不知何為而可也必將有以教之雍人蒙福流譽東来聞之竊喜此誠為足以施為而忌疾方深幸公議猶在也蔡君謨自南歸瞻然一叟終日相對清坐無以為樂但烹茶一杯病脾不飲反贈旁人啜爾若此可知其情况也餘事有可竊歎者料世態自常如此無足道也酷暑惟以時為國自

受遂因賢郎行始奉狀不宣某再拜原甫知府侍讀

此卷嘉祐六年與劉原甫二書大同小異已兩存之今此本又復相似仍并兩幅爲一幅案前輩手牘大率起草今吉州法帖所刻嘉祐末慰富彥國書稾是也況公於原甫尤致其詳或已爲復换耶

與常侍制第一帖第二帖 聖宋蔚啓以第一帖向蒙龍示盛文至爲道自愛四十七字續第二帖豈勝區區之下而無深寒爲道外自愛因小姪行附此一十三字

第七帖 清福一作康福

與沈侍制第一帖 爲此一作謂此

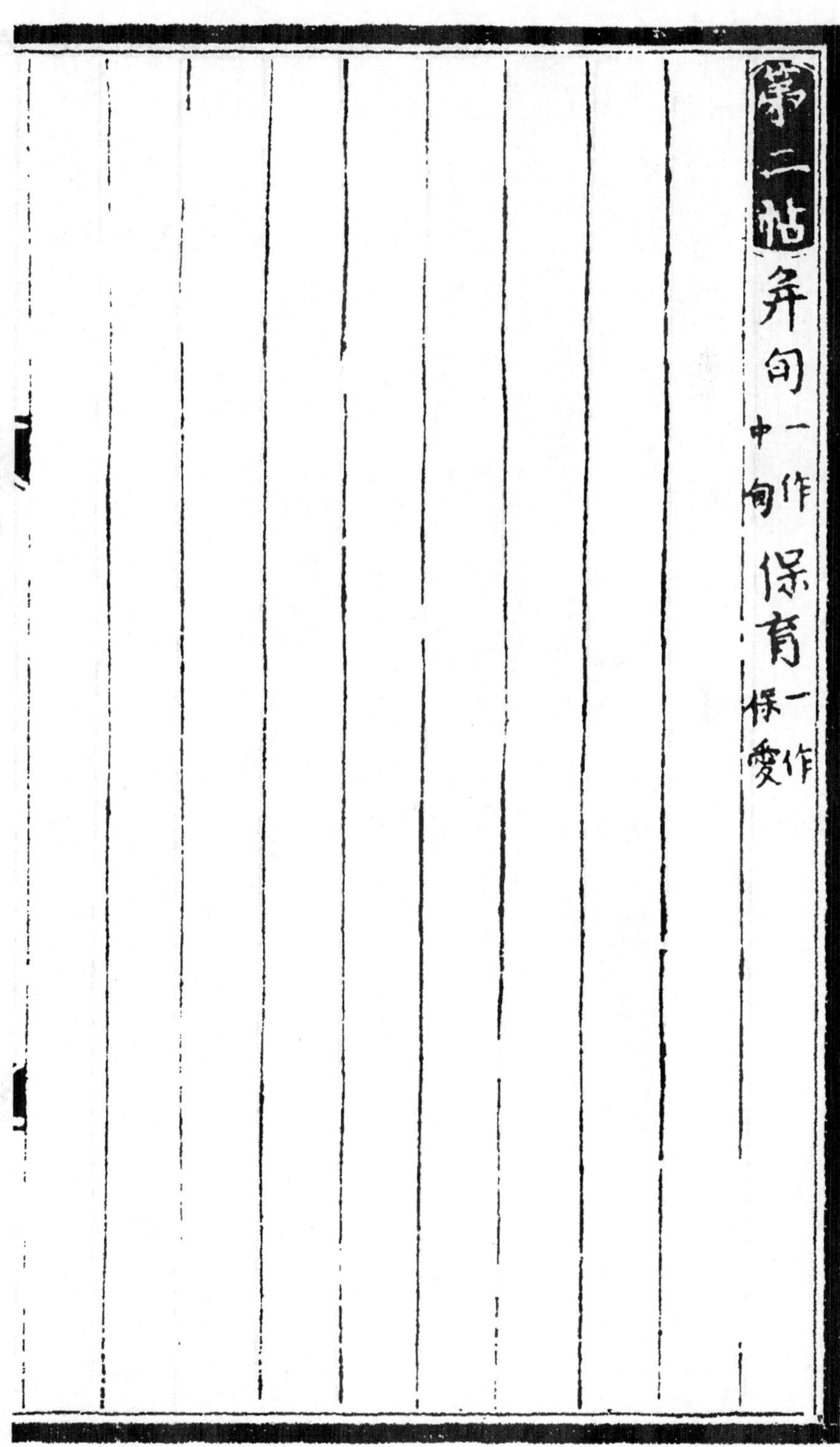
第二帖 弁句一作中句保育一作保愛